Marlis Thiel · Dieses Blaue des Himmels

Bremer Debüt
LITERATUR DER GEGENWART
von Autoren, die mit einem Stipendium der Freien
Hansestadt Bremen gefördert wurden.
Marlis Thiel erhielt es 2000.

© by Carl Ed. Schünemann KG, Verlag, Bremen
Nachdruck sowie jede Form der elektronischen Nutzung –
auch auszugsweise – nur mit Genehmigung des Verlages
Lektorat: Bernd Gosau
Satz und Buchgestaltung: Gabriele Huflaender
Produktion: Asendorf, Bremen

Printed in Germany 2001

ISBN 3-7961-1828-3

Marlis Thiel

Dieses Blaue des Himmels

Roman

CARL SCHÜNEMANN VERLAG BREMEN

Monika Strahl gewidmet

1

Es war spät. Es war wieder einmal so weit. Der Doktor hatte kommen müssen. Wie oft hatte sie gewartet, in der Tür gestanden, stundenlang, ganze Nächte lang auf das Auto, den alten, klapprigen Wagen vom Doktor gewartet mit ihrer Angst, dieser verrückten Angst, die sie hatte. Niemand hatte diese Angst verstanden. Ihre Mutter hatte ihr nur gesagt, sie solle sich nicht so anstellen. So etwas habe jede schon einmal durchgemacht. Sie hatte daraufhin nur noch mehr rohe Körner gegessen, sich dem Heißhunger hingegeben, der Sucht, nicht ohne Beschwerden zu haben mit dem Magen, der von den vielen rohen Körnern, die sie gierig in sich hineingestopft hatte, aufgequollen war wie ein Hühnermagen. Sie jammerte. Sie klagte. Sie wurde ins Bett geschickt. Dann wieder aus dem Bett vertrieben. Die Unruhe. Die Angst. Das Warten.

Sie hatte sich geschworen: Nie wieder. Es sich nicht gewünscht. Es gar nicht haben wollen. Wäre es nach ihr gegangen, hätte sie den Balg abgetrieben. Sie hatte dagegen angekämpft wie gegen die Schmutzränder in den Waschschüsseln, das Unkraut im Garten, die Katzen, die immer an dieselbe Stelle gingen, die Ameisen, die sie am liebsten alle ausgerottet hätte, von denen sie glaubte, dass sie sich allein gegen sie verschworen haben könnten, gegen ihre Berechtigung, zu leben und immer müde zu sein. Was hatte sie nicht alles gemacht, die Nester der Viecher aufgespürt, sie mit Steinen traktiert, kochendheißes Wasser über sie gegossen. Aber sie waren immer stärker gewesen, noch stärker als die Läuse, die sie sich eingefangen hatte auf der Flucht in fremden Betten. Gegen das Ungeziefer hätte sie alles gemacht. Und auch gegen den Bauch und das Wachsen. Aber es hatte sich keinen Zentimeter bewegt, trotz einiger Versuche, Spülungen mit dem Wasserschlauch wie eine Wilde. Sie hatte gedacht, Schluss zu machen, sich das Leben zu nehmen, aber nicht gewusst wie. Und zuletzt hatte dann doch die Angst gesiegt, die Angst vor dem Sterben, noch größer als die vor dem Leben. Und irgendwann war alles zu spät gewesen. Da war es einfach weitergewachsen wie das Moos auf dem Rasen, das Unkraut im Garten, das Ameisengewimmel auf der Erde. Sie konnte es nicht mehr verhindern.

Und eines Abends kamen dann endlich die richtigen Wehen. Mitten in einem Satz kamen sie beim Reden über das alte und neue Leben. Ach, was wurde damals nicht alles neues Leben genannt. Orte. Und Schulen. Und Betriebe. Und Brigaden. Das hätte noch lange so gehen können. Und sie hatte geschwiegen. Nur er hatte kein Ende finden können mit seinen Schwestern aus dem Westen. Gar nicht so weit weg, wo sie sich niedergelassen hatten nach der Rückkehr aus dem sibirischen Lager, die drei Frauen, die alles zusammen machten, die zusammenhielten wie Pech und Schwefel. Die Dritte war nicht mitgekommen. Die war zu dem Zeitpunkt schon sehr krank gewesen. Aber darüber wurde nicht gesprochen. Es war ja so viel passiert. Die ganzen Veränderungen, Umbenennungen, Revolutionen. Und wer von wo zurückgekommen war. Und wer wen geheiratet hatte. Und sie hatte genug von dem ganzen Gerede, hatte längst zu Bett gehen wollen. Und dann war die Welle gekommen. Herrje. Mit voller Wucht. Und gleich danach noch eine.

Sie hatte nie etwas erzählt. Keine Erinnerung daran. Alles vergessen. Eine Gedächtnislücke. Eine Leere im Kopf. Man hatte ihr ein Schmerzmittel gegeben, ein starkes. Morphium vielleicht. Und die anderen Frauen, die da gelegen hatten mit ihr zusammen im Kreißsaal, hatten alle dieselbe Krankheit, dieselbe Angst davor gehabt. Und kein Mann war dabei gewesen. Nur die Ärzte und Schwestern in ihren weißen Kitteln. Die hatten ihre Arbeit gemacht in den Geburtskanälen mit den Händen, den Zangen, den blanken Bestecken. Und sie war viel zu müde gewesen nach der Entbindung, um das kreischende, zuckende Ding in den Arm zu nehmen für ein Bild, das sich gehört hätte: Eine Mutter mit ihrem Kind.

Christine sollte sie heißen, hatte der Vater gesagt. Er hatte in das alte Register geschaut, herausgegeben von der Kirche, eine Auswahl an Namen gefunden, alle geordnet nach dem ABC, angefangen bei Anna. Aber so hieß schon eine seiner Halbschwestern. Und Barbara eine andere. Er hatte ja so viele. Und dann war er zum nächsten Buchstaben übergegangen. Und die Mutter hatte Christine ausgefahren zum ersten Mal im Mai, überschwänglich unter der so blau eingefärbten Himmelsdecke. Dieses sagenhafte Blau. Dieser erste Himmel in den Augen. Und auch ein Stück vom Mond noch sichtbar, eine schmale Sichel an der Seite der Sonne, Sonne und Mond wie in einem Gedicht.

Aber dieser schöne Himmel über dem Kinderwagen war schon kein ganzer Himmel mehr gewesen. Eine Grenze war gezogen worden zwischen einer Ost- und einer Westhälfte, ein Strich über die Köpfe von dreizehn Millionen hinweg, die sich die Einheit ihres Landes noch gewünscht hatten im letzten Volksbegehren, zwölf Millionen allein aus der sogenannten SBZ, der Sowjetisch Besetzten Zone, dem offiziellen Namen nach, die Zone, in der Christine leben musste. Die in den anderen Zonen waren drei Jahre nach dem Krieg schon nicht mehr so einheitsgläubig gewesen. Die würden bald ihre Währungsreform gemacht haben in einem ersten Streich gegen den kommunistischen Osten. Und in Prag würde man unterdessen schon um Jan Masaryk, den Präsidenten trauern müssen. Der würde aus dem Fenster gesprungen sein aus Protest nach dem zweiten Streich der Russen gegen den kapitalistischen Westen. Und in Bonn würde die Verfassung einer separaten Bundesrepublik schon fertig ausgearbeitet auf dem Tisch liegen zur Abstimmung. Und über Berlin die Blockade lasten, mitten im schönsten Friedenssommer. Und im Jahr darauf, im Oktober, würde Annemarie auf die Welt gekommen sein. Da würde Christine schon laufen gelernt haben, im Frühjahr, auf wieder weicher gewordenen Wegen nach einem langen, harten Winter, den Platz in der Kinderkarre freigemacht haben, rechtzeitig für die Schwester.

Christine und Annemarie. Annemarie und Christine. Das ließ sich sehr schön zusammen sagen. Und einen Monat später würde man die DDR gegründet haben, den zweiten Staat auf deutschem Boden. Und dann würde es noch einmal Winter und Mai werden. Da würden sie schon auf einer Wiese sitzen, zwei Mädchen mit Kränzen im Haar, so niedlich auf dem Foto, wie sie da saßen, in das Bild eingefangen vor dem Haus, das alle mit viel Übertreibung das Schloss nannten.

Dem Haus war die Vergangenheit nicht mehr anzusehen, fünf Jahre nach der Enteignung. Die Fassade vergilbt. Der Garten verwildert, die Wege ausgefahren und regendurchweicht. Die Mutter mit dem Kinderwagen oft steckengeblieben. Kaum zu glauben: Das war einmal ein Schloss gewesen, ein gepflegter Rasen vor dem Eingangsportal, ein großer Garten, schön angelegt, die Buchsbaumhecken immer geschnitten. Und die Rosenbeete. Die wunderbaren, alten Rosenstöcke. Die meisten davon eingegangen. Und vom Rasen war auch nicht mehr viel zu sehen. Vormittags war Leben unten im Haus. Vormittags war Schule. Die hohen Stimmen, die raschen

Schritte, das Beben und Zittern des Bodens, bis in den Turm hinauf hatte man es hören können. Nachmittags war es dann plötzlich sehr still geworden, eine unheimliche Stille im Haus, als wäre alles eingeschlafen, alles Leben zu Ende gegangen, gestorben.

Diese Stille, wenn der Vater die Worte gesagt hatte, Worte, die ein Kind ruhig machen konnten, ihm die Angst nehmen konnten, Worte wie ein dunkelroter Samtvorhang an der Tür, den der Wind immer leicht bewegte, an dem sich jede Regung im Treppenhaus ablesen ließ, wenn jemand kam, wenn jemand ging, die engen Stiegen hinauf oder hinunter, die Rückkehr der Eltern, das Ende des Wartens. Worte wie Wellen. Die Nähe der Ostsee. Das Meer mit seinen Atemzügen, seinem Flüstern. Zauberworte. Lügenworte. Das Versprechen: Wir kommen bald wieder. Ja, es musste wie ein Zauber gewirkt haben. Dunkelroter Samt in den Augen. Und die Stille. Nur manchmal hatten die Mauern geseufzt unter der alten Geschichte.

Damals, es war noch Krieg gewesen, waren sie angekommen, eine ganze Familie, die Familie der Mutter, mit Pferd und Wagen nach einer langen Fahrt aus dem Osten, mehr als tausend Kilometer. Und beinahe wären sie noch ein paar Kilometer weiter gefahren, wären die Pferde nicht so müde gewesen. Am Schloss hatte ein weißes Tuch gehangen, aber mit ein bisschen Fantasie hätte man auch denken können: Die große Wäsche. Endlich wieder weiße Laken.

Sie waren über das zugefrorene Haff gefahren in einer Nacht, in einem langen Treck nach Westen. Unter ihnen war das Eis gewesen. Und über ihnen die Flugzeuge, der tödliche Regen, eine schreckliche Erinnerung für ein Mädchen von sechzehn Jahren. Das Mädchen musste ganze Familien neben sich untergehen gesehen haben, ins

Eis gestürzt mit Pferd und Wagen. Sie hatte Angst gehabt, sich geweigert, mit Händen und Füßen gegen die Fahrt gesträubt. Ihr Vater hatte sie zwingen müssen. Der hätte sich von keiner Angst aufhalten lassen, in Gedanken schon weiter, bei dem, was nach dem Eis kommen würde, dort, wo wieder Land unter den Füßen gewesen wäre am anderen Ufer, Wege, Straßen, das Weiterkommen, das Weiterleben, größer und stärker in ihm als jede Angst. Nur einmal kräftig zuschlagen hatte er müssen. Und dann hatte sie im Wagen gesessen, wimmernd, neben ihrer Mutter und den beiden Schwestern, während der Vater und die Brüder draußen die Pferde führen mussten. Sie hatte sich die Ohren zugehalten vor den Geräuschen, dem Knirschen, dem Knacken, den surrenden Tönen in der Luft, versucht, an etwas anderes zu denken als an die Flugzeuge mit ihrer Ladung. Aber die Angst hatte sie nicht losgelassen, sie nur noch fester an die Hand genommen, ihr das Herz zusammengeschnürt, sie und die Angst in der Nacht unzertrennlich geworden, ein Paar geworden auf der kalten Hochzeit damals.

Und nach der Flucht war die Armut gekommen, das Gefühl, alles verloren zu haben, nichts mehr zu sagen zu haben, außer mit Blicken andeuten zu können, dass ihr ein Stückchen Seife gefehlt hätte zum Waschen, die Scham, der Schmutz, auch lange nach der Flucht noch, als sie in einem Stall leben mussten, ausgerechnet sie, die sich vor jedem Schmutz ekelte. Wie sehr hatte sie da das Leben verflucht, das Leben, das so ungerecht war, sie in die Mägdekammer abgeschoben hatte, ihr den verfluchten Namen gegeben hatte: Magda. Nachmittags hatte immer nur sie die Milchration abholen müssen, dort in der Reihe armer Leute anstehen müssen, die Armut so nahe mit ihren Gerüchen, dass sie am liebsten davongelaufen wäre. Besonders vor denen im Schloss hatte sie sich geschämt, den mitleidigen Blicken, sich viel Neid auf die Tochter des Hauses eingestehen müssen, ein Mädchen, genauso alt wie sie, gerade sechzehn geworden, die junge, hübsche Herrin, die jeden Tag ausgeritten war, unberührt von allem, als hätte es keinen Krieg gegeben, keine Vertreibung, nur blaue Augen, Augen ohne jeden Schatten, ohne jede Kränkung.

Warte auf mich, wenn es Abend geworden ist bei dem Tannenwäldchen, hatte er immer gesagt. Diesen einen Satz vor dem Hintergrund rollender Panzer. Ach, und diese Augen, vergissmeinnichtblau oder himmelsblau. So blau. Da fehlten immer die Worte. Wie nah Glück und Unglück doch manchmal beieinanderlagen. Plötzlich hatte er neben ihr gestanden in der Scheune, der schöne, junge Herr, der Sohn der Schlossbesitzer mit den unwahrscheinlich blauen Augen, hatte sie aufgefordert zum Tanz. Ausgerechnet der hatte kommen und sie holen müssen in ihrem viel zu braven Kleid, als hätte es nicht genug andere Mädchen gegeben, die nur darauf gewartet hatten, sich dem an den Hals zu schmeißen, die, die sie mitgeschleift hatte zu diesem Tanzvergnügen zum Beispiel, die gesagt hatte, sie solle sich nicht so zieren, man müsse auch einmal etwas wagen.

Und dann hatten sie ein langsames Stück gespielt, das Licht noch mehr gedämpft auf der schummrigen Tanzfläche. Sie hatte kaum etwas sehen können, nur seine Barthaare hatten sich an ihrer Haut geschrappt, kleine, harte Stoppeln wie ein gerade abgemähtes Getreidefeld. Sie hatte ihren Kopf abgelegt auf seiner linken Schulter, die Augen geschlossen, den Geruch von Haut in der Nase. Herrje, dieser Tanz. Jede Bewegung wie einstudiert, wie geschmiert. Noch nie hatte sie einer so geführt. Und von keinem anderen hätte sie sich so führen lassen. Diese völlige Übereinstimmung. Das Erstaunen darüber, dass es so etwas geben konnte. Er hatte sie zurückgebracht mit einem Kopfnicken und einem Lächeln, darin mochte Unsicherheit gelegen haben, Hochmut, vielleicht auch Spott. Das seltsame Lächeln um den Mund herum. Sie hatte es nicht deuten können. Aber es hatte ihren Widerstand herausgefordert. Etwas in ihr hatte gesagt: Nein.

Er hatte sie auch zum zweiten Tanz geholt, und zum dritten, und vierten, und letzten, und allerletzten. Die Welle hatte sie von Neuem ergriffen. Und sie hatte sich ergreifen lassen von einem langsamen Walzer. Und irgendwann war ein Mund auf sie zugekommen, etwas Feuchtes, Warmes, Weiches, eine Zunge wie die Zunge einer Schlange. Ach, das also ist es, hatte sie in dem Augenblick vielleicht noch gedacht. Zugegeben hätte sie es nicht. Sie wäre die letzte gewesen, die etwas gesagt hätte über ein erwachtes Begehren. Um das Schloss herum lag das Schweigen, undurchdringlich dicht wie eine Hecke. Die erste Liebe mit ihren Dornen. Ein streng gehütetes Geheimnis.

Das konnte nicht sehr lange gedauert haben zwischen ihnen. Da gab es Klassengegensätze, noch unausgesprochen. Da hatten Eltern andere Zukunftspläne als ihre Kinder. Seine hatten es sehr eilig gehabt, wegzukommen von den anrückenden Armeen aus dem Osten, den neuen Herren im Land, den Roten. Und eines Abends hatte sie vergeblich gewartet am Tannenwäldchen. Er war nicht mehr gekommen.

Die Nachricht, dass die Herrschaft geflohen war, hatte sich sehr schnell im Ort herumgesprochen. Vielleicht hatten zu dem Zeitpunkt schon einige zugelangt, ein achtlos liegengebliebenes Schmuckstück, eine besonders schöne Vase, etwas Glänzendes, Süßriechendes geschwind unter Röcke und in Taschen verschwinden lassen. Und dann waren sie an die Kleiderschränke gegangen, die Mägde, die Frauen, an all die schönen Sachen, die dort gehangen hatten. Einmal über die zarteste Wäsche gestrichen, mit rauhen Händen über Seide. Zum ersten Mal im Leben einen Hut aufgesetzt. Ach, diese Hüte. Diese Kleider. Diese Gier. Später hatten sie einen anderen Namen dafür. Ja, es sollte ihre Revolution gewesen sein, diese Revolution der kleinen Leute.

Sie hatten den Anfang gemacht, scharenweise. Ganze Familien hatten aus den Schränken herausgezerrt, was sie darin gefunden hatten, grapschende, raffende Hände, bis am Ende nur noch wenig übriggeblieben war von der ganzen Schlosseinrichtung, ein Schreibtisch in der Eingangshalle vielleicht, mit dem niemand etwas anzufangen wusste, außer davon Brennholz zu machen. Ihr hatte es sehr Leid getan wegen all der schönen Sachen, so mutwillig, so sinnlos verschandelt, wenn sie am Fenster gestanden hatte mit ihrem Liebeskummer an den lauen Abenden in jenem ersten Nachkriegssommer, draußen die Mädchen stolzieren gesehen hatte, aufgedonnert wie die Paradepferde in den ergatterten Kleidern. Das Schloss, das Leben, alles herabgesunken für sie in einen trüben Alltag, so trübe geworden, wie das Wasser im Waschkessel, in dem sie Wäsche kochen musste, so dunkel geworden wie der Punkt unter ihrem linken Augenlid, die eingewachsene Träne, das Trauermal. Ihr Pferd verloren. Ihre Liebe verloren, Nächte, in denen sie sich die Augen aus dem Kopf geweint hatte, sich den Tod gewünscht hatte, den Schuss noch im Ohr, der das Liebste getroffen hatte mitten in die Blesse, kurz bevor sie losgefahren waren mit den anderen Pferden, das Haus in Ostpreußen für immer verlassen hatten.

Und dann war ein neuer Sommer gekommen. Und noch einer danach. Da hatte sie sich das lange Haar schon abgeschnitten für andere Männer, Männer, die sie im letzten Augenblick doch immer abgestoßen hatten mit ihren großen Händen, Alkoholfahnen und plumpen Gesten, wenn sie tanzten. Männer, die kamen von anderen Sternen. Sie hatte die Männer nie verstanden. Und irgendwann hatte sie ihn getroffen, den neuen Schlossbewohner, den Lehrer.

Sie waren sich nähergekommen beim Rübenverziehen und später, in der Küche beim Essen. Sie hatte gesehen, dass er sich das Hemd zugeknöpft hatte am falschen Knopf. Nicht einmal gebügelt war es gewesen. Und er hatte geredet und geredet. Was hatte er da nicht alles vorgebracht: Familiengeschichten, Kriegsgeschichten, die politische Lage und wen er nicht alles kannte vom Rat des Kreises und aus der Partei, die ganze Riege von Erzkommunisten. Und zuletzt musste er auch noch etwas über die Russen gesagt haben. Sie hatte es nicht hören wollen. An der Stelle hart geworden, hart wie Stein. Sie hätte sich eher die Zunge aus dem Mund geschnitten, als ihre Abneigung zuzugeben vor denen, die ihr alles genommen hatten. Sie konnte ja nicht ahnen, dass auch er seinen russischen Freunden einiges nachzutragen hatte. Was hatte er ihr nicht alles erzählt über seine Familie, seine Kindheit, die kurische Nehrung, seine Eltern. Einmal waren sie an Typhus gestorben, ein anderesmal an Diphtherie. Sie hatte ja nur das, was er ihr erzählte.

Da waren sie schon zusammen gegangen, nachts, in die Wiesen. Und bald darauf hatten sie Verlobung gefeiert. Und man hatte ein Bild gemacht von ihnen, sie fotografiert vor der Kulisse eines Tannenwäldchens. Dasselbe Tannenwäldchen. Nur der neben ihr war ein anderer. Ein schmächtiger junger Mann mit dunklen Augen, die man hinter der schiefsitzenden Brille kaum erkennen konnte, nicht wissen konnte, wohin diese Augen schauten. Und sie, mit ihrem vollen Haar, sehr schön wie sie aussah, in einem Herrenjackett über dem Sommerkleid und um den Mund herum dieses seltsame Lächeln.

Da musste sie schon gewusst haben, dass sie schwanger war. Sie hatte es lange nicht wahrhaben wollen. Und auch er hatte gezögert, gewusst, was auf ihn zukommen würde mit einem Kind und dem Versprechen, den anderen in Ehren zu halten ein ganzes Leben. Ihr Vater indessen hätte sie beide noch zum Altar geschleppt mit Gewalt. Da wurde kurzer Prozess gemacht, der zukünftige Schwiegersohn eingeladen, alles besprochen bei einigen Schnäpsen. Das Kind brauchte schließlich einen Vater. Und die Mutter des Kindes brauchte einen Mann. Und der Vater des Kindes brauchte eine Frau, die ihm, dem praktisch Unbegabten, die Kragen bügeln und es nicht mehr zulassen würde fortan, dass er mit falsch zugeknöpftem Hemd in die Schule ging, die gut zu kochen verstand, und was darüber hinaus ein Eheleben ausgemacht hätte, das lag in höherer als in menschlicher Gewalt. Da wurde nicht lange gefackelt. Da musste geheiratet werden. Da musste man sich abgefunden haben mit den Tatsachen. Und sie hätte an jedem etwas auszusetzen gehabt. Und immer ihre Klagen, ihre verheulten, dicken Augen schon am Morgen. Das Mädchen hatte sich den Märchenprinzen noch nicht aus dem Kopf geschlagen.

Ausgerechnet an ihrem Hochzeitstag hatte sie einen ihrer temperamentvollen Rückfälle gehabt in den anderen Zweig der Genealogie als den preußischen, eine ungarische Linie vielleicht, die sich ab und an noch einmal Luft machen musste. Der Bräutigam war nur ein bisschen zu spät gekommen. Aber er hatte ihr verdächtig aus dem Mund gerochen. Ein feuchtfröhlicher Abschied aus seinem Junggesellenleben am Abend davor war es gewesen. Jede andere hätte es ihm verziehen, nur sie nicht mit ihrer

Abneigung gegen das Trinken. Sie hatte sich eingeschlossen in ihrem Zimmer wie ein Kind, während die anderen Kinder, die Blumen streuen sollten, schon in die Kirche gegangen waren mit den übrigen Hochzeitsgästen in viel zu leichter Bekleidung für einen Tag im Januar.

Er hatte lange stehen müssen vor ihrer Tür, sie angebettelt, herauszukommen, ihr geschworen, nie wieder zu trinken. Aber seine Schwüre hielten nie lange. Und sie hatte keine Wahl, musste aufgemacht haben, sonst wäre er am Ende noch gegangen. Aber fotografiert werden wollte sie nicht mit den verheulten Augen. Sie hätte es am liebsten gesehen, man hätte den Fotografen wieder weggeschickt, ihn keine einzige Aufnahme machen lassen, so, wie sie aussah, so aufgequollen, so hässlich, mit dem Bauch einer Schwangeren im sechsten Monat.

Da hatte sich so mancher gewundert über das Paar in der Kirche. Nur die Brauteltern hatten einen zufriedenen Eindruck gemacht. Die hatten sich nicht lumpen lassen beim Ausrichten der Hochzeit, obendrein noch eine komplette Schlafzimmereinrichtung spendiert für die kleine Wohnung im ehemaligen Schlossgebäude, eine gute Investition für einen landwirtschaftlichen Familienbetrieb wie den ihren. Der Schwiegersohn würde mit anpacken bei Ernteeinsätzen fortan in den Ferien und im Sommer jeden Tag nach der Schule. Darauf konnten sie sich verlassen. Und um eine vernünftige Babyausstattung würden sie sich auch noch kümmern.

2

Geduckt und ängstlich sah es aus unter dem Dach aus Stroh und der hohen Kastanie, das Haus, oben, auf dem Hügel ganz für sich allein, als wäre es für alle Zeit in der Kindheit geblieben. Ein Brunnen vor dem Tor. Ein großer Garten hinter dem Haus. Eine Wiese. Ein Wald. Ein Himmel darüber. Und sieben Jahre runtergeschaut auf ein Leben, das immer anderswo war, vorbeigegangen, vorbeigefahren, vorbeigezogen.

Die Mutter sah nur das Stroh, den fehlenden Blitzableiter auf dem Dach, die Nachteile, die einsame Lage, die Weltabgeschiedenheit. Kein Wasser im Haus. Die Kastanie, lichtundurchlässig. Ein Schatten mehr auf ihrem Leben. Sie wäre lieber bei den Menschen geblieben, in der Nähe ihrer Eltern, als umzuziehen in das gottverlassene Nest. Das neue Leben. Die neue Schule. Die Schulleiterstelle. Das bisschen Mehr auf dem Konto. Der Vater hätte alles ablehnen sollen, noch warten sollen mit der Versetzung.

Ihre Angst bei Gewitter. Diese anschwellende Angst in der Mutter, wenn sich draußen am Himmel etwas zusammenbraute. Ihre Ruhelosigkeit an solchen Tagen. Ihr kopfloses Hin- und Herlaufen, während sie sich sonst an langen Nachmittagen kaum regte, in das Schlafzimmer eingeschlossen, wie aus dem Leben getreten. Und der Vater war oft nicht da gewesen, wenn sie in den Keller hinuntersteigen mussten, die Mutter mit dem gepackten Wäschekorb, plötzlich lebendig geworden, wo sie sich alle flach auf den Steinboden legen mussten, die Hände an den Ohren, wie im Krieg, wie in einem Luftschutzkeller, weil die Mutter es so haben wollte. Und draußen das Donnerwetter. Und eine jammernde Mutter. Und eine jammernde Schwester neben Christine. Das Leben war ein Jammertal, ein finsteres Kellerloch, eine verrückte Angst, die jedes Kind angesteckt hätte, ein Druck hinter der Stirn, da, wo die Geschichten saßen, die schrecklichen Geschichten, unten, aus dem Ort, die sich die Leute erzählten über Gewitter. Ein Mann in zwei Hälften aufgespalten, von einem Blitz getroffen, das Gesicht eines Unbekannten, den das Sterben überrascht hatte, auf einem Kutschbock sitzend, der Tod mit weitgeöffneten Augen, nachts, aufgewacht aus einem Traum, plötzlich die Geräusche eines Gespanns im Ohr, das draußen durch die Nacht irrte. Die Schatten am Fenster. Das Getrappel von wild gewordenen Pferden. Der Wind, kein himmlisches Kind in Nächten ohne Ende. Eine Ewigkeit, bis ein Raum wieder feste Konturen angenommen hatte, wieder das Zimmer geworden war, das man kannte. Das Bett der Schwester gleich nebenan. Die geschlossene Tür zum Schlafzimmer der Eltern. Die anderen, die alle noch schliefen. Und endlich das erste Licht am Fenster, der erste Vogel mit seiner Ansprache, früh, am Morgen. Das Aufatmen.

    Und nach den Nächten die Tage mit ihren Gewichten. Das langsame Vergehen der Zeit. Zähe Nachmittagsstunden. Langeweile. Unvorstellbar, dass es außerhalb der Schule noch ein anderes Leben geben sollte, dass die Welt nicht aufhören würde hinter dem Horizont. Und nicht einmal einen Schulweg gehabt. Kein Weggehenkönnen, den Hügel hinauf, und nach der Schule wieder hinunter, das Glück für die anderen, nicht für die, die auf dem Hügel leben mussten, ein Trost nur im Winter, wenn es geschneit hatte, die Kinder nach der Schule noch einmal heraufkamen mit ihren Schlitten. Im Sommer eine Falle. Einsamer nie, als im August, wenn Ferien waren, wenn die Zeit wie eine Fliege an dem Streifen klebte, der herabhing von der Decke.

Das Haus hatte zwei Eingangstüren. Hinter der einen Tür war die Schule, war das Leben, war alles in Ordnung. Die Zeit eingeteilt in Stunden und Pausen. Das Sitzen in Reihen. Die Mädchen links. Die Jungen rechts. Die Kleinen vorn. Die Großen hinten. Unverrückbare Gesetze. Klarheit. Die Bühne des Vaters, jeden Tag wieder, trotz des Verbots, der laut warnenden Stimme der Mutter: Du sollst deinen Vater nicht stören! Als hätte es die dritte Tür nicht gegeben, die Tür zwischen Schule und Leben. Und Christine stand in der Tür. Oft stand sie da für Stunden mit der Angst, wieder fortgeschickt, vertrieben zu werden, in keiner Welt richtig zu Hause. Der Vater. Wie oft hatte er gesagt: Geh hinaus! Geh zu deiner Mutter! Unwillkommen auf dem Platz, auf den sie sich gesetzt hatte, möglichst leise, möglichst unbemerkt, und so erleichtert, das Chaos, die Unordnung endlich gebannt zu wissen in einer Rechenaufgabe oder einer Satzregel vielleicht, die sollte sich jeder hinter die Ohren geschrieben haben, sonst hätte man etwas zu hören bekommen. Wie wütend der Vater manchmal sein konnte. Wie kräftig er einen bei den Ohren ziehen konnte. Und kurz darauf wieder der alte Vater, etwas erklärend, etwas vortragend, die Kreide in der einen, den Schwamm in der anderen Hand, die Jacke weiß am Ärmel, die Stimme ruhig, aus einer tiefen Lage, ein bisschen belegt hörte sie sich an, als wäre auch sie von Kreide überzogen gewesen. Und gleich danach die andere, die hochgezogene Stimme hinter der zweiten Tür, die Mutter mit ihrer Welt, ihren Unerbittlichkeiten. Volle Essenteller. Kratzende Unterwäsche. Leibchen mit komplizierten Verschnürungen. Wollene lange Strümpfe unter Hosen. Schürzen über Kleidern, die Stimme, die Befehle erteilte: Den Tisch decken! Den Tisch abräumen! Aufpassen auf die Schwester!

Nachmittags, wenn es still geworden war im Haus, wenn die Eltern schliefen, durften Christine und Annemarie in den Schulräumen spielen. Die großen Mädchen aus der Klasse des Vaters waren gekommen, hatten aus Dachböden und Truhen schöne, alte Sachen mitgebracht, Kleider, Mäntel, Hüte, Handtaschen, Bänder und Schleifen. Sie wurden aus- und wieder angezogen, wie Puppen behandelt, in Märchenfiguren verwandelt, zum Ausgehen feingemacht. Und dann fielen sie in den See. Oder im Winter brach das Eis, so dass sie wieder umgezogen werden mussten. Das Spiel war sehr schön. Aber die Mädchen kamen nicht immer und zumeist auch nur dann, wenn der Vater sie vorher dazu aufgefordert hatte. Und oft genug waren sie sich selbst überlassen an langen Nachmittagen, draußen vor dem Haus. Da saßen sie dann am Straßenrand und winkten vorbeifahrenden Autos zu, oder schlossen Wetten ab, ob überhaupt noch einmal ein Auto vorbeikommen würde, bis es Abend geworden wäre.

Manchmal hockten sie oben, im Taubenschlag, bei dem Jungen am Ende der Straße. Ein schwerer Weg für Christine. Aber sie wäre ihn immer wieder gegangen. Das hatte schon früh angefangen bei ihr. Er war der schönste aus der Klasse des Vaters, einer, den sie nur aus der Ferne anbeten durfte. Und immer nur zusammen mit der Schwester. Niemals ohne die Schwester bei den Tauben gewesen, die Vorstellung angesehen, das Ritual vorher, immer dasselbe, immer so und nicht anders, wenn er aus einer Kelle Rhabarbersuppe schlürfte, direkt aus der Kelle in den weitgeöffneten Mund hinein, bis es darin gegluckst hatte wie in einer Quelle. Dieses Glucksen. Dieses Gurgeln. Wie er das konnte. Und es jedesmal wieder angebetet. Und dann hinauf in den Taubenschlag, zum Taubenberingen, zum Taubensingen. Die Rhabarbersuppe hatte seine Stimme weich gemacht, schön gemacht. Dieser Gesang aus freier Kehle. Die hohen, reinen Töne. Die Schwester konnte es bezeugen. Und gerade dort oben hatte Christine sie umso fester an der Hand. Ohne die Schwester wäre es nicht gegangen. Sie hätte sich verloren, nicht mehr zurückgefunden aus dem Märchen. Er war der Prinz. Und sie die Prinzessin, noch unerkannt in ihrem Mäusemantel. Die Liebe nur ein halbes Glück. Ein einsamer Gesang. Ein langes Warten. Tauben, die flogen aus und kamen nie wieder.

Auf alles musste gewartet werden. Auf den Sommer im Winter. Den Schnee zu Weihnachten. Den Geburtstag im Frühjahr. Das Älterwerden. Auf das Ende der Ferien. Das Obst im Garten. Christine konnte es nicht, das Warten. Sie aß die Äpfel am liebsten grün. Nicht einmal eine Schlange hatte kommen müssen, ihr zu sagen: Die Äpfel müssen reif gemacht werden, müssen solange an die Wand geschmissen werden, bis sie Stellen bekommen haben, bis sie so ausgesehen hätten, als wären sie vom Baum gefallen. Fallobst durfte gegessen werden. Nur mit dem schlechten Gewissen musste sie fertig werden, den Augen, die alles sahen, den Warnungen, den Anklagen, dem Wissen, zu den Verdorbenen zu gehören, den Sündern, den schlechten Menschen, den Verdammten dieser Erde, wenn sich die Stimme meldete, die Stimme der Scham, die Stimme der Mutter. Christine schämte sich in den eigens zum Schämen bestimmten Ecken, das Gesicht gegen die Wand gerichtet. Sie bereute. Sie tat es, weil es unumgänglich war, weil es alle taten, weil die Welt so eingerichtet war, so verdorben auf der Kippe zwischen Reue und Sünde, die Welt der Mutter, der rächenden Gewitter, der Ängste, der chronischen Krankheiten, der Leiden.

Mit fünf oder sechs Jahren hatte sie es bekommen, ein Frauenleiden, sagte die Mutter, etwas, das man nie wieder loswerden würde im Leben. Sie musste es wissen. Sie hatte es auch. Und kein Mittel dagegen. Nur das Sitzen auf heißen Wasserdämpfen, noch schlimmer als das Brennen zwischen den Beinen, der gefürchtete Topf, eine Qual, die Strafe für jedes in den Mund gesteckte Vergehen, jeden grün gegessenen Apfel, für Sünden, die waren nicht vergebbar.

Nur die Schwester wurde nie schuldig gesprochen. Nicht einmal bereuen musste sie, etwas Verbotenes getan zu haben, im Schatten von Christine. Die Sünden der Schwester von der Mutter vergeben. Die Spiele im Dunkeln, auch die, und das, was Frau und Mann gemacht hätten unter einer Decke, bei jedem Wort wären sie rot geworden, hätten sie es sagen, aussprechen müssen. Sie hatten sich immer darüber gestritten, wer unten liegen durfte. Unten liegen war besser. Oben musste der Anfang gemacht werden, die Scham überwunden werden. Die Schwester hatte sich immer geziert vor dem Obenliegen. Mit ihr gab es keinen Ausgleich.

Christine war sieben gewesen, als der Mann sie mitgenommen hatte, sie und die Schwester und die anderen Kinder in die Felder zum Maikäfersuchen, der Idiot, der Verführer, der Kinderschänder, wie sie ihn nannten, später, als alles rausgekommen war über das Weggehen, das Überschreiten der Grenze in eine Welt hinein, die kein Kind hätte betreten dürfen. Die Eltern hatten auf dem Hügel gestanden. Ein drohendes Strafgericht abgehalten. Die Mutter mit viel Verachtung. Der Vater mit einem Stock. Zum ersten Mal mit einem Stock. Christine hatte gedacht, sterben zu müssen, als er sie schlug. Sie krümmte sich unter der Schuld. Sie war so verlassen wie der erste Mensch auf der Welt, ein gefallener Engel, verflucht, vertrieben, hinausgejagt aus der Landschaft der Kindheit, eine, die zu viel gesehen hatte, zu früh.

Auf einmal stimmten die Bilder nicht mehr, die Hochzeitsfotos, die Familienaufnahmen, Eltern und Kinder versammelt an einer Kaffeetafel, die idyllischen Kinderbilder, zwei Mädchen nebeneinander, draußen im Garten, die Aufnahmen vor Blumenrabatten. Oder wenn sie zusammenbleiben mussten beim Spazierengehen, wenn gesagt worden war: Stellt euch auf. Gebt euch die Hände. Das Bild von ihnen aus der Kirche, als sie Blumen streuen sollten bei der Hochzeit der jüngsten Schwester der Mutter. Eine niedliche Lüge. Schon da hatte Christine der Schwester gesagt: Niemand dürfe auf Blumen treten! Die Schwester kämpfte nicht mit der Mutter wegen der Kleider. Sie ließ sich die Zöpfe flechten. Zog sie an, die Schürzen, die Sachen, immer gleich, ohne Unterschied, gleich in Schnitt, Form, Stoff und Farbe. Die Mutter mit ihrer Zwillingsmasche. Und Christine kämpfte. Sie musste kämpfen für das Recht auf ein anderes Kleid. Sie sah in den Spiegel. Sie hatte keine Zöpfe. Sie schaute auf die Tanten, die Schwestern vom Vater. Auch die waren wie Tag und Nacht nebeneinander, die eine blond gefärbt, die andere dunkel, fast schwarz, hatten den Unterschied bis auf die Spitze getrieben. Dennoch kamen sie immer nur zusammen, nie allein zu Besuch. Die dritte war gestorben, Christines Patin Augustine, wie ein Schatten, ein unsichtbares Band zwischen denen, die am Leben geblieben waren.

Sie waren eine große Familie gewesen mit vielen Kindern. Der Vater konnte es manchmal selbst nicht mehr sagen, wie viele Geschwister sie waren. Er hatte Schwestern und Halbschwestern. Einige waren Krankenschwestern von Beruf geworden, wenn sie nicht sofort geheiratet hatten. Brüder und Halbbrüder, die meisten tot, im Krieg geblieben, sagte der Vater. Auf Bildern sah man sie in Uniformen stecken. Der Vater sagte: Das war der Wilhelm. Und das war der Fritz. Und ein anderer hatte Adolf geheißen. Ausgerechnet mit dem Namen wurde Christine in Verbindung gebracht. Er sei ihr ähnlich gewesen, sagte der Vater. Eine künstlerische Natur. Ein Zeichner und Maler. Gleich zu Anfang des Krieges sei er gefallen. Mehr sagte er nicht.

Der Vater war vierzehn gewesen, als der Krieg begonnen und zwanzig, als er aufgehört hatte. Kurz vor Kriegsschluss waren auch noch seine jüngsten Schwestern zu Krankenschwestern ausgebildet worden und dann sofort an die Front gekommen, während ihm selbst schon ein Finger an der linken Hand gefehlt hatte, abgeschossen. Durch den Krieg hatte er auch seine Eltern verloren. Die unbekannten Großeltern, beide krank geworden, beide gestorben, kurz nachdem die Russen einmarschiert waren in Ostpreußen. Nicht einmal etwas über die Krankheit hatte der Vater sagen können. Seine Schwestern waren alle nach Sibirien verschleppt worden. Die armen Mädchen, sagte der Vater. Warum man sie verschleppt hatte, sagte er nicht.

Manchmal machte die eine Tante Witze über die Zeit in einem sibirischen Lager. Sie erzählte so lustige Geschichten darüber, dass man hätte denken können, es sei gar nicht so schlecht dort gewesen. Die andere Tante sagte gar nichts. Sie ließ die Schwester reden. Nur, wenn diese es gar zu toll trieb, schaute sie sie mit einem Seitenblick an, der sagte: Hör auf mit den Lügen. Die aber konnte es nicht lassen, über alles und jeden Witze zu machen, obwohl sie schon den einen oder anderen Schnaps trinken musste, um in Hochform zu kommen. Die Mutter fand es schlimm. Sie lehnte das Trinken ab. Sie hasste es. Sie hatte auch nicht gelacht. Nicht einmal über einen Witz hatte sie lachen können, als hätte sie sich einmal das Versprechen gegeben, auf ihrer Bühne nur die ernsten Rollen zu spielen. Für die Mutter gab es an einer Kindheit wenig zu beschönigen. Sie hatte den Zagel, die sieben Lederriemen noch kennengelernt in Ostpreußen, konnte sich nur zu gut vorgestellt haben, wie es in der Hütte ausgesehen hatte. Die vielen Kinder. Die Armut. Ein herrischer Vater. Und eine schwache, kränkliche Frau in der Küche. Traurig. Sehr traurig.

Nur zwei Fotos, um sich ein Bild zu machen über eine Jugend, eine Kindheit, ein Haus und ein Leben. Auf dem einen war der Vater noch sehr jung gewesen in hellem Hemd und dunkler Hose neben seiner Schwester, der witzigen Tante, sie in Bluse und Trägerrock, eine Kluft wie die der jungen Pioniere, hätten sie nicht das gekreuzte Zeichen an den Armen getragen. Das andere Foto zeigte ihn schon in der Uniform des Soldaten, mit einem Vermerk auf der Rückseite: Für meine Eltern. Wenig später, als er das geschrieben hatte, war er an die Front gekommen. Er musste seine Eltern sehr geliebt haben, es früh gelernt haben, auf eigenen Füßen zu stehen. Auch für sie war er in den Krieg gezogen. Auch für sie hatte er sich gemeldet. Aber das Bild war nicht angekommen, das Foto in der Brieftasche liegen geblieben. Seine Eltern hatten es nie gesehen. Der Vater mit kurz geschorenem Haar. Der oberste Knopf an der Jacke offen. Der Kragen offen. Alles offen auf dem Bild. Ganz offen das Gesicht. Die Augen. Der Mund. Viel zu offen, zu weich für die Härte. Sechs Wochen in Uniform und schon im ersten Einsatz getroffen worden, schwer verwundet worden.

Von ihnen, den Eltern so vieler Soldatensöhne gab es kein Bild. Sie standen hinter allen Bildern, zwei Schatten, ohne Gesichter, ohne menschliche Züge. Unsichtbar. Immer unsichtbar geblieben. Christine sah sie im Traum, aus einem Haus vertrieben werden, an eine Wand gestellt werden in der ersten Welle einer großen Rache. Die unbekannten Großeltern, beide Opfer geworden von Racheengeln aus dem Osten. So viele Kinder in den Krieg geschickt. Dafür mussten sie mit dem Leben gebüßt haben. Dem Vater hätte sie den Traum nicht erzählen können. Er gab nichts auf Träume. Träume sind Schäume, hätte er gesagt. Und das hätten sie alle gesagt aus der Familie, die anderen, die Familie der Mutter, der Opa und die Oma, Eltern und Kinder und Kindeskinder eingereiht in die lange Kette, bis zu den Erzvätern und zu Adam und Eva zurück, die Welt, in der alle zusammenhalten sollten in guten wie in schlechten Zeiten. Jeder an seinem Platz. Alle in einem Boot. Über das Eis gefahren. Durch den Krieg gefahren. Und davongekommen. Alle am Leben geblieben. Nur eine Schwester war gestorben auf der Flucht an Hirnhautentzündung, eine Seuche, sagte die Mutter, mit drei Jahren, das arme Kind, die Margot.

Auch sie hatten Verluste erlitten. Haus und Hof verloren. Alles hinter sich zurücklassen müssen. Aber nur umso fester zusammengestanden, Häuser verloren, Häuser wieder aufgebaut, im Frühjahr gesät und im Herbst geerntet. Alle an die Erde gebunden, in ewige Gesetze eingeschrieben. Du sollst deinen Vater und deine Mutter ehren, sagte der Opa, nicht rütteln an dem Haus. Es ist dein Haus. Auch wenn du es einmal verlassen wirst.

Nur zwanzig Kilometer waren es gewesen, die fehlten. Zwanzig Kilometer weiter, und alles wäre anders gekommen. Der Opa musste es sich oft gesagt haben, es sehr bereut haben in stillen Stunden, die zwanzig Kilometer verpasst zu haben im Leben. Eine lächerliche Entfernung angesichts der Tatsache, dass mehr als tausend Kilometer hinter ihnen lagen, damals, als sie angekommen waren in dem kleinen Ort, im äußersten Westen, zwanzig Kilometer vor Lübeck. Ein vorübergehendes Asyl, hatte man ihnen gesagt. Und irgendwann wäre es wieder zurückgegangen in die Heimat. Und der Opa hatte auch an die müden Pferde gedacht und an das nächste Frühjahr schon wieder, wenn er mit der Oma an der Hand die Felder abschreiten würde im April, wenn im Frühsommer das Rübenhacken drangekommen wäre, und im August das letzte Heu, und dann die Kartoffelernte im Oktober. Kein schlechter Boden, hatte er gesagt, nachdem er ihn in die Hand genommen hatte und gewogen hatte mit dem ganzen Sachverstand eines Bauern. Und dann hatte man ihm ein Stückchen Land in Aussicht gestellt, etwas, das ihn mehr lockte als die Zone jenseits der Trave. Der Mann dachte nicht in Zonen, und dass es besser gewesen wäre für ihn unter den Amerikanern. Die Russen hatten eine Bodenreform versprochen. Und er war geblieben. Ein Leben ohne Landwirtschaft hätte er nicht leben wollen. Sollten sie doch reden, die Kommunisten, hatte er gesagt. Hauptsache wieder ein Stück Land unter den Füßen.

Sie hatten drei Mal zweiunddreißig Morgen bekommen, von den zweihundert Hektar aus dem freigegebenen Schlossbesitz, wenig, verglichen mit dem, was sie einmal gehabt, aber doch mehr, als sie erwartet hatten, ein kleines Anwesen, in einem winzigen Ort mit nur wenigen Häusern, eins neben dem anderen wie aufgereiht an einer Schnur. Nicht einmal eine Straße hatte es dort gegeben, nur einen ausgefahrenen Kiesweg mit vielen Schlaglöchern, in denen sich im Frühjahr und Herbst das Wasser sammelte, so dass er dann nur noch mit äußerster Vorsicht zu befahren war. Jedesmal hatte der Opa an der Bahn auf sie gewartet mit den Pferden, die noch immer dieselben Pferde waren, die sie aus Ostpreußen mitgebracht hatten, vor Kutschen ebenso geduldig wie vor Pflügen und Fluchtwagen. Die Oma hatte schon in der Tür gestanden und der Hund zur Begrüßung gebellt und die Hühner waren wie verrückt hin- und hergelaufen, wenn sie angekommen waren, und zwei Mädchen sich erst einmal sehr verlegen gaben in dem ganzen Durcheinander auf dem Hof. Bei der Schwester war das Eis immer sehr schnell geschmolzen, die sich an die Oma hielt, sie zum Melken und Hühnerfüttern begleitete, und sich auch nicht daran störte, dass der Schweineeimer in der Küche ziemlich roch.

Und Christine stand in der Tür. Sie hatte es schwerer mit dem Ankommen, konnte den Hof nicht so nehmen wie die Schwester, ihren Platz nicht finden in der Küche, wo die Zeit stehengeblieben war an einem Tisch, irgendwo, in der Vergangenheit steckengeblieben, in ein rätselhaftes Schicksal eingeschlossen wie der Mann aus der Kammer unter dem Dach, den alle den Onkel nannten.

Er war als einziger übriggeblieben von einer großen Familie, nach einer Bombennacht, auf dem langen Treck von Osten nach Westen, schon damals sehr alt gewesen, älter als der Opa, aber noch nicht alt genug, um ihn einfach so liegenzulassen, einfach so vorbeizufahren, ungerührt. Sie hatten ihn mitgenommen. Und er war geblieben. Für alle der Onkel geworden, der Onkel aus der Kammer unter dem Dach. Er saß immer an der rechten Seite neben dem Opa bei Tisch. Dort war sein Platz, sein Hunger und sein Schweigen. Er hatte zweiunddreißig Morgen mit in die Wirtschaft eingebracht, ein großer Gewinn für den Opa, der beste Helfer, den er sich wünschen konnte, ihm zugelaufen wie ein herrenloser Hund, anspruchslos und dankbar. Das, was man ihm gegeben hatte, war nicht viel, ein Platz an einem Tisch und eine Kammer zum Schlafen. Hätte er mehr gewollt, hätte er gehen müssen. Abends, in der kleinen Stube, saß er auf seinem Platz neben dem Ofen, wo er immer für alle die Äpfel schälte, während die Oma sang und der Opa die Nachrichten hörte. Dann hätte man ihn beinahe vergessen können mit seinen leisen Verrichtungen, seiner stillen, beharrlichen Art.

Eine schweigsame Welt, in der sich alles um Arbeit drehte, die Arbeit auf dem Feld, die Arbeit auf dem Hof, die Arbeit im Haus. Da wurde nicht viel gesprochen beim Essen. Und wenn, dann nur über das Wetter. Die Mutter meldete Kopfschmerzen an. Und der Opa klagte über sein Rheuma. Und die Oma hörte die Frösche quaken. Und Kinder hatten den Mund zu halten. Nur wenn der Vater mitgekommen war, gab es an manchen Abenden sehr heftige Debatten über das neue Leben, die Zukunft, die für alle schon begonnen haben sollte, auch wenn an den Füßen immer noch der alte Dreck klebte. Der Opa hätte nur gesagt, das neue Leben, das brauche Zeit, Geduld und viele Ernten. Und dann hätte er nichts mehr gesagt. Ihm lag der neue Staat viel zu schrill in den Ohren. In seinen Augen war die Welt nicht mehr so, wie sie sein sollte und vielleicht einmal gewesen war. Er hielt nicht viel vom Kommunismus. Die Gleichmacherei schreckte ihn ab. Er hatte bald einsehen müssen, dass ein Bauer im Staat der Arbeiter und Bauern nichts galt. Nicht einmal reich hätte er werden können. Im Westen wäre er es geworden. Mit den Händen, dem Wissen. Er war auf einem großen Gut aufgewachsen. Hatte Landwirtschaft studiert. Er verstand etwas von Buchhaltung. Sein Hof stach heraus aus der Reihe kleiner Pachten am Rande der Existenz, trotz der Steine, die im Weg lagen. Allein die Milch, jeden Tag, die Kannen, die er verkaufen konnte neben den Zwangsabgaben. Er war das Zentrum. Herr über Menschen und Tiere. Er gab das Leben und nahm das Leben. Nichts hätte ihn davon abgehalten, mit einem kranken Hund und einem geladenen Gewehr hinter das Haus zu gehen, oder Kinder zu bestrafen, wenn sie nicht parierten. Er konnte sehr hart sein, die Erde zum Zittern bringen mit einem Machtwort. Aber über die Pferde hatte er geweint. Die eingeschneiten Tiere auf der Weide, dicht aneinandergedrängt wie zu einer Statue erfroren. So hatte er sie aufgefunden eines Morgens auf der Flucht. Er hatte sich umdrehen müssen. Den Anblick nicht ertragen.

Die Oma hielt sich zurück im Reden. Und manchmal schauten ihre Augen sehr spöttisch auf die, die immer reden mussten, als wollten sie sagen: Ach, das Leben. Was kann man darüber schon wissen. Sie sang den ganzen Tag. Sehr leise Gesänge waren das, ein kaum zu hörender Singsang, Melodien aus dem Hohlraum des Himmels oder der Erde, Windlieder, Regenlieder, in Wellen, in monotonen Weisen. Man hätte nicht sagen können, ob es nur ein einziges Lied war, oder ob es alle Lieder waren, alle Lieder, die sie kannte, hintereinander weggesungen ohne Ende.

Das zwischen ihr und dem Opa war einmal eine große Liebe gewesen. Das konnte man immer noch sehen. Die Zeit war vergangen, das Haar grau geworden mit den Jahren, aber die Liebe war geblieben. Eine wunderbare Geschichte. Eine Ergänzung bis in die Physiognomien zweier Nasen, die vom Opa ein wenig nach links, die von der Oma ein wenig nach rechts verschoben. Da hatten sich zwei gesucht und gefunden. Das Großelternpaar auf einem Bild, ein unverwüstliches Paar, so unverwüstlich wie der Blumenstrauß in den Händen der Oma, Bartnelken aus dem Garten, ihre Lieblingsblumen.

Sie stand den ganzen Tag in der Küche, allein, mit ihren Gesängen, ihren Hefeteigen, Fladen gleich mehrere gebacken für die Speisekammer, für später. Das Schönste waren die Streusel. Sie schlachtete das Kleinvieh, rupfte es, nahm es aus. Die Schwester sah ihr dabei zu. Christine mochte es nicht sehen, obgleich sie es selbst einmal hatte machen müssen, zuhaus, als der Vater nicht da gewesen war, die Mutter sich angestellt hatte mit dem Beil in der Hand. Sie hätte nicht gedacht, dass es so einfach sein würde, die Gedanken abgestellt, die Augen halb geschlossen, hart nach außen, hart für die Welt, einmal kräftig zugeschlagen, sonst hätte es keine Hühnersuppe gegeben.

Und die Mutter machte ein Gesicht, als habe sie noch nie im Leben einen Schweinestall gesehen, geschweige denn betreten müssen, als wäre die Welt ihrer Eltern ihr zeitlebens fremd geblieben. Und manchmal wäre sie am liebsten gleich wieder nach Hause gefahren, so sehr beleidigte sie der ganze Dreck. Sie hasste das Tiereaufziehen, Tiereabschlachten, das Imblutherumrühren der Oma. Der machte es nichts aus. Es gehörte zum Leben, wie der Schweineeimer in der Küche unter dem Abwaschtisch, in den alles hineinkam, was ihr beim Ausnehmen aus Hühner- und Entenleibern entgegenquoll. Das fraßen die Schweine. Die Mutter fand es schlimm. Sie konnte es nicht sehen. Sie brachte den Schweineeimer weg. Aber kurz darauf stand er doch wieder an seinem alten Platz in der Küche. Auch die Oma hatte ihre Unerbittlichkeiten.

Der Schweineeimer blubberte, schlug Blasen. Der Geruch in der Nase, wenn man den Deckel aufmachen musste, hineinsehen musste. Aber die Hölle hatte auch ihre guten Seiten. Der Eimer konnte als Toilette benutzt werden im Dunkeln, oder ein ungeliebtes Essen aufnehmen in einem günstigen Augenblick, einen bis über den Rand hinaus gefüllten Teller von der Oma. Immer viel zu viel. Und immer viel zu deftig das Essen, Blut in so mancher Suppe, schwarzsaure Suppe, keine schöne Sache für das Auge, ein Essen, das man lieber nicht gegessen hätte. Du musst essen, sagte die Oma. Lass das Theater.

Christine konnte es nicht. Sie war am liebsten draußen, im Garten, ganze Tage auf der Schaukel, den Ring mit den Zauberkräften in der Hand, der einen an einen anderen Ort bringen konnte. Und oft war sie einfach sitzengeblieben, wenn man sie rief. Das Essen vergessen. Unsichtbar geworden für die anderen in ihren Verstecken, den Wohnungen unter Büschen und Beeren, immer auf dem Sprung, immer darauf gefasst, angeklagt zu werden. Die Mutter, wenn sie sagte: Ach, Christine.

Jeden Tag wurde sie geschickt, den Onkel zum Essen zu holen. Da stand sie immer sehr lange vor der Tür. Man hatte ihr erzählt, dass sie früher gern auf seinem Schoß gesessen hatte, dass er oft gekommen war, um auf sie aufzupassen, dass er ihr das Leben gerettet hatte, sie herausgezogen hatte aus der Wassertonne, schon ganz blau angelaufen im Gesicht. Ein unheimlicher Gedanke, dass sie ihm das Leben verdankte, dass sie sich mit diesem schweigenden, rätselhaften Mann verbunden fühlen musste, mit ihm in ein Geheimnis eingeschlossen.

In der Kammer sah es aus wie in einer Klosterzelle. Eine karge Pritsche. Auf der schlief er. Eine Kommode, ohne dass die Schubladen von irgendetwas überquollen. Ein Stuhl neben dem Bett. Nicht einmal einen Tisch hatte er. Kein Bild hing an der Wand. Keine Fotografie stand auf dem Nachtschrank. Nur eine Uhr mit einer goldenen Kette lag da, ein Andenken an früher. Man konnte sie ticken hören, wenn er sie an Feiertagen trug, aber meistens hatte sie neben dem Bett gelegen, unaufgezogen.

Die Zeit stand still bei den Großeltern. Nach der Uhr krähte kein Hahn. Felder mussten bestellt werden im Frühjahr. Geerntet wurde im Herbst. Das Leben der Großeltern war ein anderes Leben. Da gab es keine Bücher. Nur eine Bibel im Wohnzimmerschrank. Und auch aus der wurde nur zu Weihnachten vorgelesen, sonst nie. Da wurden sich die Hände gewaschen vor dem Essen. Und dann wurde gegessen. Da erzählten nur die Teller Geschichten am Tisch und die Messer und Gabeln. Da war ein alter Mann aufgenommen worden in einer Familie wie ein herrenloser Hund. Da war eine Kammer unter dem Dach, vor der hatte einem immer ein bisschen gegraust. Und wenn ein Mädchen nicht schlafen konnte in der Nacht, sprach sie nicht darüber.

3

Sie konnten sich nicht leiden, die Mutter und das Fräulein. Aber sie mussten es aushalten unter einem Dach, als das Fräulein an die Schule kam, die neue Kollegin vom Vater. Hässlich wie die Nacht, sagte die Mutter. Die Mutter mit ihrer Verachtung, ihrem Blick auf die Schwächen der anderen, schmutzige Flecke auf jeder Weste. Dieser gnadenlose Blick auf das Fräulein mit der Zigarette in der Hand. Eine rauchende Frau im Haus! Das Letzte! Die Mutter mochte es nicht und schon gar nicht, wenn eine so qualmte wie das Fräulein qualmte, schlimmer als der Vater, mit ihrem immer grellrot angemalten Mund und der verzerrenden Geste beim Ausrauchen: Das Gesicht nach links unten verzogen.

Christine hatte es vor Augen, jeden Tag, eingetreten mit sechs Jahren in die Klasse vom Fräulein. Und diese Lehrerin nahm es sehr genau mit der Mathematik, schaute ihr mit viel Strenge auf die Finger, schickte immer nur sie an die Tafel, wenn es eine schwere Aufgabe war, jederzeit auf dem Sprung, sie bei einem Fehler zu erwischen, schon aus Rache wegen der Mutter, oder weil der Vater nicht so hundertprozentig war, wie sie es sich gewünscht hätte von einem Parteigenossen. Das Fräulein war es.

Überhundertprozentig, sagte die Mutter, die Mutter, die sich um Politik nicht kümmerte, der alles Politische verhasst war. Die Kommunisten. Die Partei. Die unten und die oben, alle gleich, alle unter einer Decke, alle mit schmutzigen Händen. Lügen über Lügen. Ein einziges, großes Lügengebäude. Und das Fräulein nur in der Partei, um an Männer heranzukommen, eine mannstolle Genossin.

Die Mutter störte sich daran, dass das Fräulein männliche Besucher durch die Fenster hereinholte, im Dunkeln, nicht durch die Tür, wie es üblich gewesen wäre. Das Fräulein musste es manchmal sehr schlimm getrieben haben, jede Nacht einen anderen hochgeschleift haben in ihre Wohnung im oberen Stock. Verheiratete Männer. Die sollte niemand sehen. Aber die Mutter hatte sie gesehen. Sie hatte alles gesehen. Auch die Russen hatte sie gesehen, die zum Fräulein hinaufgegangen waren. Und zuletzt musste sie sich auch noch ein Verhältnis mit dem Vater in den Kopf setzen. Ausgerechnet der Vater mit dem Fräulein! Sie hatte sich in den Gedanken hineingesteigert, dass die beiden auf ihren Laken, in ihren Betten. Da hatte man die Mutter laufen sehen können ins Schlafzimmer wie eine Furie auf der Suche nach Beweisen, einem roten Fleck auf einem Kissen, einem schwarzen Haar unter der Bettdecke.

Sie war sehr eifersüchtig, eifersüchtig bis auf die frische Wäsche, die der Vater anzog, wenn er auf eine Parteiversammlung ging. Und auf die wäre auch das Fräulein gegangen. Schon wieder eine Gelegenheit für das Fräulein mit dem Vater. Der lange Rückweg durch die Nacht. Beide benebelt. Das Fräulein sehr aufreizend in einem kurzen Rock auf dem Fahrrad. Und die Mutter hätte nur die Arbeit gehabt hinterher, die große Wäsche, die stinkenden Sachen. Immer dasselbe nach einer Versammlung. Alles hätte wieder gewaschen werden müssen nach dem schmutzigen Vergnügen. Der Vater hätte schwören können und schwören, sich die Hand abhacken können vor ihr. Keinem Schwur hätte sie geglaubt. Sie war überzeugt davon, betrogen zu werden, ob mit dem Fräulein oder der Partei, mit irgendetwas wurde sie betrogen. Sie hatte den Vater gebeten, nicht wegzugehen, jedesmal vergeblich. Vielleicht sogar ihr zum Trotz hatte er vorher gebadet, sich rasiert, bis auf das Unterhemd und die Socken alles gewechselt. Die Schuhe hatte Christine ihm geputzt. Sie hätte alles gemacht für die Märchen vom Vater. Die kleine Meerjungfrau. Die zertanzten Schuhe. Aschenputtel. An den Schuhen konnte man es sehen. Und warum sollte der Vater sich nicht schön gemacht haben für die Partei? Aber sie ahnte, dass es kein gutes Ende nehmen würde. Und kurz vor dem Weggehen hatte es Krach gegeben zwischen den Eltern. Und hinterher wieder. Jedesmal versprach der Vater der Mutter, vernünftig nach Hause zu kommen. Aber er würde sein Versprechen nie halten.

Vielleicht wäre die Mutter nicht so eifersüchtig gewesen, hätte sie auch etwas gehabt, neben dem Haus, dem Essenkochen, den Waschtagen. Einen Beruf wie das Fräulein. Aber die Mutter hatte nichts. Nur die Arbeit. Und das Saubermachen. Jeden Tag. Und schon nach kurzer Zeit alles wieder schmutzig. Nichts würde bleiben von einem guten Essen. Nur der Abwasch hinterher. Die ganze Arbeit vergeblich. Sie plagte sich mit den schweren Wassereimern am Brunnen, an den Tagen, wenn sie große Wäsche hatte. Nicht einmal eine Wasserleitung gab es im Haus. Und manchmal hätte sie die Wassereimer und alles andere liebend gern hinter sich stehen- und liegengelassen. Aber richtig davongelaufen war sie nie. Nur einmal hatte sie weggehen wollen nach einem Streit mit dem Vater, ins Wasser, aber sie hatte es nur gesagt, nicht getan.

Sie wäre gern Schneiderin geworden, sagte sie manchmal. Sie lebte auf, wenn die Schneiderin ins Haus kam für eine Woche jeden Tag von morgens bis abends. Die Frau hatte es nicht leicht, eine verrückte Mutter zuhaus, die sie versorgen musste. Die blutige Geschichte, wenn sie sie gefunden hatte, ihr den Arm abbinden musste, das Blut vom Boden wegwischen musste nach einem Selbstmordversuch. Rasierklingen zu etwas anderem gebraucht, als damit Nähte aufzutrennen. Süchtig an den Pulsadern herumgeschnibbelt. Und die Tochter immer in Angst, dass es wieder geschehen, und dass sie einmal vielleicht zu spät kommen könnte.

Da wurde viel erzählt neben der Arbeit. Da wurden besonders Stoffe aus dem Westen vor dem Zerschneiden lange betrachtet. Die Schneiderin mit großem Respekt vor spitzen Gegenständen. Und dann kamen die Anproben. Und Kinder, die es aushalten mussten. Die Mutter vor dem Spiegel. Ihr kritischer Blick auf jedes fertiggestellte Teil. Da durfte nichts überstehen, nichts überhängen. Da musste alles sitzen wie angegossen. Aber allein schaffte sie es nicht.

Für das Fräulein ein ganz hoffnungsloser Fall, diese Frau ohne Interessen, nur an Küche und Haushalt gebunden, an Belanglosigkeiten, diese Mutter mit ihrem Blick auf den Westen, auf den Monopolkapitalismus, wie das Fräulein es mit einem Wort gesagt hätte, eins der Worte, vor denen sie sich ekelte. Wie oft hatte sie das Wort in den Mund genommen, es betont in die Länge gezogen beim Sagen. Der Kapitalismus. Der Monopolkapitalismus. Der Revanchismus. Alles so Ekelworte für sie. Der Ekel aus dem Westen. Alles Schlechte aus dem Westen. Der Kommunismus war gut. Der kam aus dem Osten. Und das Fräulein war eine gute Kommunistin, obgleich sie gar nicht so aussah. Da stachen sich Farben an ihr. Da passte vieles nicht zusammen. Das Haar zu schwarz. Der Mund zu rot. Die Finger zu gelb an den Kuppen. Und ihre

Röcke waren der Mutter entschieden zu kurz. Ihre geräuschvolle Art, Türen zuzuschlagen, Bücher zuzuschlagen in der Klasse. Das Fräulein war zickig. Und oft sehr schlecht gelaunt gewesen. Unberechenbar in ihren Reaktionen. Manchmal nett, dann wieder unausstehlich, wenn sie sich mit der Mutter gestritten hatte. Und Christine hatte es auszubaden, aus der Klasse geschickt mit den Worten: Geh zu deiner Mutter, mit der Mutter zusammen in einen Topf geworfen.

Sie wusste nicht mehr, wo sie bleiben sollte in der der vergifteten Luft der Schule. Und nirgendwo ein Fortkommen. Keine Rettung bei den Tauben, keine Zuflucht in einem Taubenschlag mehr. Sie hatte sich dort oben eine andere Vorstellung anschauen müssen als das Taubenberingen, das Taubenbesingen, sie aufblühen gesehen, die Rose auf einem Handrücken, das Zeichen der Liebe für eine andere, das große B für Brigitte oder Barbara, eingeritzt mit spitzem Messer, die rote Rose auf der Haut ihres Prinzen, Blut, das er nicht für sie vergossen hatte. Sie hatte ihm schwören müssen, niemandem etwas zu sagen. Ihm beim Schwören lange in die Augen geschaut. Zum letzten Mal bei den Tauben gewesen, allein und immer noch unerkannt.

Und Adam hatte Eva erkannt. Und Josef Maria. Und Maria war schwanger geworden. Und auch das Fräulein hatte ein Kind, einen Jungen. Den hatte sie nicht taufen lassen. Religion. Kirche. Sie hasste die Bibel. Adam und Eva. Der von Gott erschaffene Mensch. Alles Lüge. Die Wahrheit waren Naturgesetze. Die Evolution. Vom Einzeller über das Wirbeltier zum Säuger. Und dann der denkende Mensch, die höchste Stufe der Entwicklung. Und danach der Kommunismus, das Paradies auf Erden. Aber sie hätte es auch schon nicht mehr so gesagt mit ihrem Blick auf die Welt, so wie sie war, so unvollkommen, so schlecht, so wenig wie sie hätte sein können mit Zirkel und Lineal am Reißbrett und so vielen unpolitischen Frauen.

Nicht einmal an die Liebe glaubte das Fräulein. Sie war enttäuscht von den Männern, Männer, die sie doch immer im Stich gelassen hatten, sie aufgegeben hatten nach ein paar Nächten. Ihr Sohn musste ohne Vater aufwachsen, allein auf dem Hof, wenn sie in der Schule war. Der Vater des Jungen blieb abwesend. Vielleicht irgendeiner. Eine Zufallsbekanntschaft. Vielleicht ein ganz bestimmter, verheirateter Mann. Und irgendwann hatte sie den Spieß einfach umgedreht. Die Männer genommen wie sie kamen. Den Traum von einer Familie aufgeben, stattdessen Karriere gemacht in der Partei. Nur von der Seite hatten sich Hände ausgestreckt, Arme geöffnet. Sie hatte sonst niemanden, keine Mutter, keine Schwester, keine Freundin. Aber eine Feindin. Sie hatte es der Mutter nie verziehen, das Kind, ihren Sohn nicht abgehalten zu haben vom Hühnerdreck auf dem Schulhof, den er da so oft gegessen hatte unter ihren Augen. Und zwischen den beiden Frauen der Vater auf verlorenem Posten. Das Fräulein musste gut Bescheid gewusst haben über seine Geschichte, seine Vergangenheit, seine schwankende Haltung in so manchen Versammlungen. Alles musste sie gewusst haben, auf die Stunde der Rache wartend. Und eines Tages hatte sie es getan, ihn angezeigt, ihren Vorgesetzten, Parteigenossen, Liebhaber, ja, vielleicht sogar ihren Liebhaber. Sein Ende, beinahe.

Fast noch ein Kind, gerade erst zwanzig gewesen nach dem Krieg, plötzlich ohne Eltern, ohne Halt in der Welt, mit einer zerschossenen Hand und einigen wandernden Granatsplittern in den oberen Beinen, die sollten noch lange nach der Behandlung geschmerzt haben. Sein Leben hatte er verdammt in jenem Lazarett an der Westfront, wo sie ihn wieder zusammengeflickt hatten. Ein Fluch, dass ausgerechnet er den Krieg überlebt haben sollte, nicht liegengeblieben war, tot, in einem Graben, wie so viele andere. Und dann hatte er sie doch gemacht, die Reise von Westen nach Osten, um seine Geschwister zu suchen, die, die noch lebten, drei Schwestern und ein Bruder, vier von insgesamt elf, ein kläglicher Rest, verstreut in alle Winde, eine traurige Bilanz. Die Schwestern waren in Sibirien gewesen. Die Eltern umgekommen, irgendwo in Erde verscharrt. Nicht einmal an einem Grab hatte er stehen können. Und sich dann doch wieder aufgerappelt mit anderen zusammen an einen Tisch gesetzt, in einer neuen Bewegung, einer Aufbruchsstimmung. Mit uns zieht die neue Zeit, hatten sie gesungen, und immer wieder die Zukunft beschworen, auf den Straßen, bei den Versammlungen. Gerade dafür war er empfänglich gewesen für das Mitgerissenwerden in etwas Neues hinein. Ein ganzes Land in einem großen Schwung auferstanden aus Ruinen, in geradezu halsbrecherischer Geschwindigkeit hatte das alles geschehen müssen. Da sollte einer ganz schnell die Vergangenheit hinter sich zurückgelassen haben, solange an der Biographie herumgestrichen haben, bis man nichts mehr gesehen hätte von einem unschönen, braunen Fleck, in einem gewaltigen Streich über die ganze Geschichte hinweg die neue Volksdemokratie beschworen haben und die internationale Solidarität, und mitgeklatscht haben, als sich im September 1948 Otto Grotewohl und Wilhelm Piek die Hände gegeben hatten bei der Gründung der SED. Nichts hätte ihn da noch zurückhalten können, nicht einmal der ältere Bruder mit seinen Bedenken gegen einen Mann wie Stalin. Der musste sie nicht einmal gelesen haben die hundertachtundfünfzig Seiten der Kurzen Lebensbeschreibung, die Selbstbeweihräucherungsarie.

Das Bild. Stalin in Halbprofil. Ein strenger Blick, als schaue er bis hinter den Ural. Und nach dorthin wäre vielleicht auch der Vater gekommen, hätte er nicht mit allem gebrochen. Ohne zu zögern, war er da geblieben, wo Stalin alle Wände zierte. Junge Leute wurden gebraucht in der Stunde Null. Und wer ein bisschen Grips gehabt hatte, der hatte da mitgemacht. Und warum sollte er es nicht getan haben, nicht auf den Zug gesprungen, eingetreten sein in eine der Lehranstalten neuen Typs? Von irgendwoher mussten sie ja kommen, in irgendwelchen Schnellverfahren ausgebildet werden, die neuen, jungen Lehrer der neuen, jungen Republik. Da konnte sich einer seine Zeugnisse schon einmal selbst geschrieben haben, wenn er keine mehr hatte. Da hatte es nur geheißen, sich die Ärmel aufzukrempeln als Lehrer in einer rückständigen Gegend, in Mecklenburg. Und irgendwann musste er dann auch in die Partei eintreten, andernfalls hätte er sich die Arbeiter- und Bauernfakultät aus dem Kopf schlagen können. Und dumm wäre er gewesen, hätte er die Chance nicht genutzt. Der Zug wäre abgefahren ohne ihn.

Eine schwere Zeit, diese Anfangsjahre. Die Arbeit an der Schule. Die Familie. Die Kinder. Das Studium nebenher. Die langen Fahrten. Das viele Lesen. Das Schreiben in Nächten. Nächte ohne Schlaf. Das Studium der großen Geschichtsentwürfe. Die Frühzeit. Das Mittelalter. Der Gesellschaftvertrag. Der moderne Staat. Die Frage nach den Wurzeln. Geschichte im Hauptfach. Seine Abschlußarbeit hatte er über den Investiturstreit geschrieben, ein Thema, das die Genossen nicht gerade begeistert hatte. Nicht einmal interessant hatten sie das frühe Mittelalter gefunden, seine Zeremonien und Rituale, belanglos die Frage, ob ein weltlicher Herrscher etwa befugt gewesen wäre, einen Würdenträger der hohen Geistlichkeit auszuzeichnen mit den Siglen der Macht.

Denen hatte die Dialektik gefehlt in dem Streit zwischen Kirche und Staat, zugespitzt im Elften Jahrhundert zwischen Gregor, dem VII, und Heinrich, dem IV, Kaiser des Heiligen Römischen Reiches, und einer Einrichtung, genannt die Laieninvestitur. Bedenke den Grundwiderspruch, hatten sie gesagt. Und der hätte sich nach dialektischen Gesetzmäßigkeiten immer zwischen Kirche und Staat auf der einen, und dem unterdrückten, geknechteten Volk auf der anderen Seite abspielen müssen, als Klassenkampf, grundsätzlich. Er aber hatte sich eigensinnig nach der Rolle der Kirche bei der Beseitigung feudaler Strukturen gefragt, und wie es kommen konnte zu den Bauernkriegen drei Jahrhunderte später. Und vielleicht hätte er der Kirche sogar noch ein gewisses revolutionäres Potential zugesprochen, hätte er nicht gewusst, dass er sich damit um Kopf und Kragen reden würde. Denn die Zeit hatte ihm kein Recht gegeben, als er an der Arbeit schrieb, sich berufen fühlte zu einer Geschichtsanalyse über Phänomene wie die Simonie, im Klartext Priesterweihe gegen bare Bezahlung, inklusive Ablass- und Reliquienhandel, dem ewigen Zusammenspiel von Königen und Päpsten. Den Genossen aber gab seine Recherche nur Wasser auf die Mühle. Die sahen in der christlichen Kirche längst nur noch eine Bande von Agenten im Dienste des US-Imperialismus. Die Herren vom Ministerium für Staatssicherheit scherten sich nicht mehr um Glaubensfragen. Die hatten eine andere historische Wahrheit. Das alte Lied nur in neuer Besetzung. Die Partei musste recht haben. Immer.

Während des Volksaufstands 1953 hatte er noch mitgezittert. Schon da hatte das Schicksal der Republik am seidenen Faden gegangen. Zu viele Fehler waren gemacht worden: Der harte Kurs nach dem Tode Stalins, die unmenschliche Heraufsetzung der Arbeitsnormen. Das hatten sie unter Forcierung des Klassenkampfs verstanden, die Genossen. Kein Wunder, dass die Leute da auf die Straße gegangen waren. Hinterher hatten sie Zugeständnisse gemacht, die Renten und Gehälter erhöht, mehr Urlaub versprochen. Auf einmal gab es zu kaufen. Der kommunistische Bruderstaat hatte tief in die Tasche gegriffen zur Stärkung seines Lagers, viele Tonnen Weizen geschickt aus der Ukraine.

Drei Jahre später dann wieder eine sagenhafte Kehrtwendung der Regierung, 1956, der Beginn der Entstalinisierung mit Chruschtschows Rede vor dem Zwanzigsten Parteitag. Ulbricht hatte nur gesagt, Stalin gehöre fortan nicht mehr zu den Klassikern, kein Wort mehr, kein Wort weniger, Beschlüsse von oben, keine vernünftige Erklärung, die man verstanden hätte. Da wurde ganz einfach ein Bild von der Wand genommen und durch ein anderes ersetzt. Kurz vorher war Stalin noch der Nachfolger Lenins gewesen, der große Führer und Lenker. Darauf hatte er erst einmal einen Schnaps trinken müssen. Und dann noch einen und immer mehr, bis zur Besinnungslosigkeit in der Nacht. Und mit ihm so mancher Genosse.

Es war die Stunde des Fräuleins. Die hatte schon lange auf eine Gelegenheit gewartet. Der Zeitpunkt war günstig. Da wurde nicht nur an der Parteispitze verhaftet. Da öffneten sich für so manchen die Gefängnistore. Da brauchte nur eine gekommen zu sein, und einen angezeigt haben, ein Wort zu viel an einer Theke, eine Äußerung, die man im Zustand der Nüchternheit vielleicht nicht so gemacht hätte. Die Anklage hatte nach der einschlägigen Formel gelautet: Unterstützung revisionistischer Kräfte im Land. Nicht gerade ein Kunststück. Aber es hätte gereicht, ihn einzusperren für fünf Jahre. Vor dem Fräulein war keiner sicher. Die hatte nicht nur politische

Rechnungen zu begleichen. Und er hätte alles zugegeben, nur um wegzukommen aus den Augen der Frau, dem Hass, den Szenen, der ganzen Hysterie im Haus.

Und Christine hatte lange geglaubt, sie habe den Stein ins Rollen gebracht mit einer laut gestellten Frage vor der Klasse, ein Wort zu viel für das Fräulein, ein Wort wie ein rotes Tuch. Aber warum sollte man die Bibel nicht gelesen haben dürfen wie jedes andere Buch? Sie hatte das Bild nie vergessen, als sie ihn abgeholt hatten mit dem Krankenwagen. Der blasse Vater auf der Bahre. Da hatte er schon so viel Blut verloren. Überall in der Küche, wo er gesessen hatte, war sein Blut gewesen. Ein Blutsturz, sagte der Arzt. Die zitternde Schwester. Die weinende Mutter. Sein Leben auf der Kippe. Eine ganze Flasche Schnaps ausgetrunken. Und nach dem Schnaps auch noch den Wein aus dem Keller. Den sauren Wein. Ganz allein in der Küche. Da musste er nachgedacht haben über sein Verbrechen. Und später musste er Selbstkritik geübt haben in einer langen Rede, nächtelang ausformuliert, vorgetragen mit großem Pathos. Das hatte er gemacht auf jeder Feier, jeder Veranstaltung, jeder Versammlung. Reden gehalten. Nicht immer die Wahrheit. Da waren die Pferde oft durchgegangen mit ihm. Aber es hatte beeindruckt. Das konnte er. Und dann mussten sie darüber abgestimmt haben hinter verschlossener Tür, ob er noch tragbar war für die Partei. Und zuletzt musste sie ihm das Urteil vor den Kopf geknallt haben: Strafversetzung, Genosse.

4

Diese Abschiede von Wohnungen, Häusern, Fensterausschnitten, Sternenbildern, Blicken auf einen

Baum, sie waren alle gleich. Man ging noch einmal durch alle Räume. Dann fuhr man ab. Ein paar Jahre gelebt an einem Ort und schon wieder der nächste Umzug, der nächste Wechsel vor Augen, eine andere Wohnung, ein anderes Haus, einen anderen Baum vor dem Fenster, vielleicht nicht einmal das, keine Kastanie mit feierlichen Kerzen, keine Birke im Wind, vielleicht nur eine Wand, die Schatten warf, andere Zimmer, andere Lichtverhältnisse, andere Geräusche, einen anderen quietschenden Türdrücker an der Gartenpforte, anscheinend quietschten sie alle. Eine Wohnung im oberen Geschoss war es. Alles ein bisschen kleiner, ein bisschen enger geworden. Oder täuschte die Erinnerung? Maß sie mit anderen Maßen? War das, was man verlassen hatte, nur größer geworden im Rückblick, das Schloss nur ein Schloss geworden in dem kleinen Haus auf dem Hügel?

An der Wand im Flur musste einmal ein Bild gehangen haben. Die blasse Stelle auf der Tapete, Zeit, die sich verewigt, den Tanz von Efeuranken für einen Moment lang unterbrochen hatte. Über dem Efeu würde bald eine andere Tapete kleben. Und auch die Dielen würden nicht mehr so knacken unter den wieder ausgerollten Läufern. Ein nasser Fleck an der Decke. Sie, Christine hätte darauf schwören können: Wieder eins der alten Häuser, Häuser, die flüsterten nachts, wieder einsam gelegen, als bräuchten sie den Abstand, die Distanz, als würden sie sich scheuen, in einer Reihe zu stehen mit anderen Häusern. Eine Schräge im Zimmer. An der würde sie oft mit den Kopf anstoßen. Eine kleine Kammer unter dem Dach zusammen mit der Schwester, vier Jahre lang, bevor man wieder umziehen würde.

Sie lebten nun noch näher an der Zonengrenze, in einer Gegend, die hätte man aus einigem Abstand nur mit einem lachenden und einem weinenden Auge betrachtet, eine Welt, die man viel lieber in einem Roman beschrieben gefunden hätte als im wirklichen Leben. Ein Gürtel aus Schildern und Schlagbäumen, der sich immer enger um sie schlingen würde. So sah es aus. Unübersehbar die Zeichen. Ein alter Friedhof in der Ortsmitte. Wie ein Museumsstück lag er da, ein Tier aus verschwundenen Wäldern, eingeschlafen, hundert Jahre und mehr. Häuserreihen an den schmalen Straßen links und rechts der langgestreckten Friedhofsmauer, dicht aneinandergedrängt, von hohen Pappeln beschattet. Das Trottoir davor wirkte beinahe städtisch. Ein paar Geschäfte. Ein paar übriggebliebene Handwerksbetriebe noch. Und ein kleiner Platz mit einer Linde. Der vergessene Markt. Am Ortsausgang eine alte Windmühle, die hatte keine Flügel mehr. Und eine Straße, die ging nicht mehr weiter im Westen. Im Osten war der See. In dem durfte schon lange nicht mehr gebadet werden. Die Landschaft sehr hügelig im Süden, nur nach Norden hin offen, eine weiche Linie am Horizont, ein Licht wie aus Seide, ein Geruch in der Nase, herübergetragen vom Wind. Die Ostsee.

Man konnte sie nicht sehen, auch wenn man hoch auf einem Fuder gesessen hätte, darüber sinnierend, ob man noch woanders würde leben können in der Welt als ausgerechnet in einem Ort auf der falschen Seite der Trave. Es könnte da gelegen haben dieses Jericho aus der Bibel, geschrieben mit einem W am Ende, irgendwo, dort zwischen Schlutup im Westen, der Ostsee im Norden, einem ziemlich stalinistischen Osten und einem regen Literaturbetrieb im Süden, in Leipzig und Weimar, dieser sagenhafte Landkreis Gneez des Genossen Schriftstellers mit seinen Wassertonnengeschichten, seinen heimatlichen Feldern, zu großen Stuben gefasst durch Hecken in allen Farben, Schlehdorn, Weißdorn, Haselnuss, Holunder, Schlehe und Brombeere, die Farben dick aufgetragen, verschwenderisch gemalte Bilder, nach der Ostsee abfallende Blütenreihen wie Wasserfälle, Bilder von großer Anhänglichkeit an die Landschaft, in der man einmal Kind war, die man irgendwann verlassen haben musste.

Man hätte hinübergehen können zu Fuß. Ein paar Kilometer nur waren es bis zur Grenze. Ein schöner Spazierweg. Erst durch den Wald. Und dann über den Fluss. Vielleicht wäre man mit einer Fähre gefahren. Oder auf der Straße gegangen, über eine Brücke zuletzt, die gab es noch, aber sie war abgesperrt vor der Grenze. Da musste einmal ein Badestrand gewesen sein, wo nun der Zehnmeterstreifen war, streng bewachte, täglich frisch geharkte Linien, in die hätte sich jeder Fuß hineingedrückt wie ein Verrat, Verrat an der Republik, Verrat am Frieden.

Kein Kind wollte den Verrat begehen. Kinder gingen nicht mehr in den Wald. Sie hatten sich an die Verbotsschilder gewöhnt, an die Wächter auf den Türmen, die Soldaten mit ihren vergrößerten Augen, Ferngläser, Tag und Nacht auf die Grenze gerichtet. Die Grenze müsse bewacht werden, müsse beschützt werden, wurde gesagt. Die Grenze sei kein Übel. Die andere Seite sei das Übel, der Kapitalismus sei das Übel, ein großes Übel aus Spionage und Rachsucht, das Stahlwerk am gegenüberliegenden Flussufer, eine gespenstische Silhouette am nächtlichen Himmel immer dann, wenn der Stahl aus dem Ofen kam, wenn glühender Stahl den Horizont erhitzte, Stahl für Waffen, Stahl für den Krieg, wurde gesagt, eine Kriegsproduktionsstätte.

Kein Kind wollte den Krieg. Junge Pioniere waren überzeugt, auf der besseren Seite zu leben, auf der Seite des Friedens, des Fortschritts, des Glücks. Sie sahen nicht die Risse, die Narben, die aufgerissenen Straßen, die abgeholzten Wälder, von allen Augen ferngehalten durch Zäune, Schlagbäume, bizarre Barrieren, ausgerollten, spitzen Stacheldraht. Sie sahen ein Ungeheuer, da, wo die Sonne unterging, wo die Welt zu Ende war im Westen. Jeden Abend hatten sie die grell ausgeleuchtete Fabrik vor Augen, sahen den Horizont rot werden in seinem Furor, seinem Zorn, ein großes, geöffnetes Maul am Himmel.

Christine wollte nicht geschluckt werden. Sie wehrte sich gegen die Verführung, wenn die Tanten kamen, die Pakete kamen mit den schönen Stoffen, Bananen, Schokolade, Kaugummi, den heiliggesprochenen Dingen, heiliggesprochen von denen, die im Westen kein Ungeheuer sahen, die nur Bananen sahen, ganze Bündel von Bananen, meterlange Kaugummistangen, Riesentafeln Schokolade, ein Paradies aus Genüssen. Sie verzichtete auf die Sahne, den Sahneberg auf einem Stück Kuchen. Die weiße, süße Sahne, sie mochte sie nicht essen. Sie gab sich asketisch, ließ sich nicht zwingen. Die Mutter. Immer hatte sie sie zwingen wollen. Die Kämpfe um das Essen. Die Kämpfe um die Kleider. Diese ewigen Kämpfe um das Anziehen jeden Tag. Die Mutter mit ihrem Kleiderfimmel, in Kleiderfragen unerbittlich, heute so und morgen ganz anders, aber der festen Überzeugung, ein Kleid, eine Hülle mache den Menschen aus, und schöne Kleider, die gäbe es nur im Westen. Ihre Blicke auf das, was die Tanten im Koffer hatten. Die besseren Stoffe. Die raffinierteren Muster. Die schöneren Farben. So fing das an bei der Mutter. Das Schielen nach drüben. Träume, die strebten alle nach Westen. Lächelnde Kaufhäuser. Glitzernde Warenpaläste. Prall gefüllte Einkaufstaschen. Keine Schlangen vor Geschäften. Und eine Waschmaschine hätte sie auch schon ganz gern gehabt. Und eine Wohnung mit Bad und Zentralheizung. Und in der Wohnung lebte sie schon in Gedanken. Ihre beiden jüngeren Geschwister waren in den Westen gegangen. Und sie wollte auch dorthin.

Und Christine wollte es nicht. Sie zog sie an, die Uniform, die die Mutter hasste, die gleichmachenden Sachen: Trägerrock und Bluse. Um den Hals das Tuch mit dem komplizierten Knoten. Jeden Tag trug sie es, auf die Fahne geschworen, auf die Toten geschworen, auf die Zukunft geschworen. Sie wollte sich nicht mehr unterscheiden, nicht mehr abheben von den anderen durch ein besonderes Kleid, nicht mehr aussehen, wie die Mutter sie haben wollte. Jede Besonderheit vergessen, hinter sich lassen. Die Besonderheit eines Lehrerhauses, einer Kindheit, einer Kaste. Sie hatte immer darunter gelitten. Sie wollte dazugehören, Teil einer größeren Gruppe, einer Gemeinschaft werden, ihren Platz haben an einem größeren Tisch, die enge Wohnung, das enge Familienleben verlassen. Die Straße war es, die sie rief, die Töne einer einsamen Trompete hoch oben. Das musste auch der Vater einmal erlebt haben, diesen Aufbruch, diese Lieder, diese Märsche zum Tag der Arbeit, zum Tag der Republik, zum Tag des Kindes, des Lehrers, der Februarrevolution, der Oktoberrevolution, diesen antreibenden Rhythmus, dieses überwältigende Gefühl, die Straße, die endlose Straße, es war immer dieselbe Straße, auf der sie marschierten, die Straße zwischen Zukunft und Vergangenheit.

Sie hatte es gesehen in einem Film über Buchenwald, ihr erster Film über ein Todeslager. Die anderen Lager kamen später. Die Buchen gefällt am Ettersberg, acht Kilometer vor Weimar. Die Wand, an der sie Thälmann erschossen hatten, in Großaufnahme hatte man sie sehen können. Als hätten auf einmal die Steine zu reden angefangen. Als wären nur Steine übriggeblieben, Steine, die einzigen Zeugen. Und eine Kamera, die langsam die Wand entlanggefahren war. Die Augen hatten gar nicht anders gekonnt, als ihr zu folgen, jedem Zeichen, jedem Fleck, jedem Einschuss hinterher. Und dann war sie schneller geworden, gegangen, gelaufen, gehetzt durch das Lager, unerbittlich, die Bilder, der Stacheldraht, das Gebirge aus Haaren, Kleidern, Schuhen, alles zu Bergen aufgetürmt. Und am Ende die Kammer. Die Augen hatten sich geweigert, wären am liebsten umgekehrt. Aber auch das Wegschauen hätte nichts genützt, sie nur umso mehr in die Stille geworfen, die Sprachlosigkeit, die Scham, hinterher, als das Licht wieder angegangen war, und man sich gegenseitig in die Augen schauen musste, stumm geworden, betrogen, als habe die Kamera einem alles genommen. Acht bis zehn Minuten hatte es gedauert für Männer. Für Frauen fünf Minuten länger, weil ihnen vorher die Haare abgeschnitten worden waren. Haarfilz und Haargarn für Wehrmachtsstrümpfe, Wehrmachtshandschuhe. Haut für Lampenschirme über den Tischen von SS-Männern. Manchmal hatte sie an den Mann gedacht, vom Blitz getroffen, mitten in einem Atemzug aufgespalten wie ein Baum mit einem Ausdruck von Überraschung auf dem Gesicht. Und auch an die Frau hatte sie oft denken müssen, die selbstmörderische Mutter der Schneiderin auf ihrem Bett, den Arm mit dem Schnitt über der Bettkante, das Heraussickern des Bluts im Ohr, die Augen geschlossen, beinahe glücklich, nur auf den Rhythmus horchend, das Tropfen, und am Ende so eingelullt von ihrem Lied, dass sie gar nicht mehr gemerkt hatte, dass die Tochter hereingekommen war und ihr den Arm abgebunden hatte. Nach dem Film hatte der Tod kein Gesicht mehr.

Und auch die Schule gesichtslos geworden, ein großer, rechteckiger Kasten, grau, ohne Romantik, ohne Tür zwischen Schule und Leben. Keine Wohnung im Lehrerhaus. Die Tür war zugeschlagen hinter ihnen. Und ein Fräulein in ein Bild eingegangen mit einem Grinsen für alle Zeit. Sie zur Schulleiterin aufgestiegen. Und der Vater abgestiegen, strafversetzt, mit Schimpf und Schande vertrieben.

Da hatte sich der Himmel verfinstert. Da ging Christine jeden Morgen über einen Friedhof zur Schule mit einem Gefühl im Bauch, als wäre ihr das Blut in den Adern zu Eisenstäben gefroren. Da musste sie sich jeden Morgen viel kaltes Wasser ins Gesicht geschüttet haben, das blaue Tuch noch fester um den Hals geschlungen haben, sich viele Male gesagt haben, dass ein guter Pionier auch an solchen Tagen zu funktionieren, sich zu überwinden bereit sein müsse. Und dann durch Gräberreihen gerannt, als wäre der Teufel hinter ihr her gewesen. Und dennoch oft genug zu spät gekommen. Ziemlich zerzaust musste sie da vor der Tür gestanden haben beim ersten Mal, sich den besagten letzten Ruck gegeben haben vor dem großen Auftritt.

Eine neue Klasse. Unbekannte Gesichter. Neugierige, abschätzende Blicke, als würde man gleich ausgezogen werden, durchleuchtet werden, an die Messlatte treten müssen, sich prüfen lassen müssen auf Herz, Nieren und Gewissen. Das lange Warten auf ein erlösendes Wort. Nicht immer gleich ausgesprochen. Und Christine hatte den Kopf in den Nacken genommen, das Kinn noch spitzer gemacht, sich auf die Zehenspitzen gestellt. Ehrgeizig war sie. Nur so konnte es gehen, mit viel Wissen und guten Zensuren den Stein zu erweichen. Und einer Lehrerin, die gesagt hatte: Setz dich.

Sie war noch nicht lange an der Schule. Es war ihre erste Stelle nach dem Studium. Freunde hatten sie gewarnt vor der gottverlassenen Gegend. Ausgerechnet Mecklenburg. Ob sie sich da sicher sei. Nur kleine Nester. Nur Misthaufen. Alkoholiker. Melancholiker. Sie war froh gewesen, überhaupt eine Stelle bekommen zu haben bei ihrer Fächerkombination, Russisch, Biologie und Religionsgeschichte. Russisch ja. Und Biologie selbstverständlich. Aber Religionsunterricht an öffentlichen Schulen schon lange nicht mehr. Das Christentum überhaupt verdächtig. Die meisten Kirchen geschlossen. Pastoren frühzeitig in den Ruhestand versetzt. Jugendstatt Christenweihe. Der Staat grundsätzlich atheistisch. Das Amen in der Kirche abgeschafft. Da hatte ein Schulleiter die Tochter eines Kollegens schon einmal beiseite genommen auf dem Schulhof, dem Mädchen gedroht, ihren Vater zu entlassen, wenn sie weiterhin in das Gemeindehaus gehen würde an zwei Nachmittagen in der Woche zum Singen. Da hatte auch eine Landeskirche viele offizielle Erklärungen abgeben müssen, sich bekannt haben müssen zu ihren staatsbürgerlichen Pflichten, die Entwicklung zum Sozialismus begrüßt haben müssen, versprochen haben müssen, ausdrücklich, sich herauszuhalten fortan aus allen Erziehungskonzepten.

Politisch nicht ganz einwandfrei. Das stand in ihrer Akte. Sie wusste es, hatte schon während des Studiums Schwierigkeiten gehabt als Mitglied einer christlichen Gemeinde, bis sie austreten musste auf Anraten einer anderen Organisation. Die nannte sich Freie Deutsche Jugend. Viele ihrer Freunde waren weggegangen, hatten sich abgesetzt in den Westen. Sie hatte sich nicht dazu entschließen können. Ihr Vater war Pastor gewesen, doppelt verfolgt unter den Nazis. Aber nur für das eine hatten sie ihm einen Orden verliehen. Über das andere hinweggeschwiegen, als habe es das nicht mehr geben dürfen in ihrer Weltdeutung. Ein Christ und Kommunist.

Sie hatte sich angefreundet mit dem Dorfpastor, ein einsamer, alter Herr, der von einer Gnadenrente leben musste schon seit Jahren, ihr einziger Kontakt im Ort. Der hatte ein Klavier für die, die sich noch trauten. Sie ging in das Haus auf Umwegen. Sie hatte sonst niemand, sich noch nicht angefreundet mit der verlassenen Gegend, dem Alleinkochen, Alleinessen nach der Schule, den langen Abenden in einer kleinen Wohnung. Vom Leben auf dem Land keine Vorstellung gehabt. Nur eine Romantik im Kopf, die war ziemlich abgehoben. Die Wirklichkeit anders. Ihr fehlte ein Theater, ein Kino, ein Saal für Schubert und Beethoven. Stattdessen musste sie sich abfinden mit einer stillgelegten Bahnlinie. Nur zweimal täglich ein Bus in die nächste Stadt. Sie hatte sich ein Fahrrad besorgt. Auf dem strampelte sie sich ab an den Hügeln.

Manchmal kam sie nachmittags zum Vater. Er hatte ihre Betreuung übernommen in den Unterrichtseinheiten für die zweite Lehrerprüfung. Sie saßen dann im Wohnzimmer, der Vater Vorträge haltend über die Geschichte der Pädagogik. Da war er in seinem Element. Da konnte er sie aufschlagen die Enzyklopädie seines Wissens. Da fing immer alles an bei den alten Griechen. Bei Sokrates. Platon. Schillernde Namen. Und dann wie im Zeitraffer einmal durch die ganze Weltgeschichte gehuscht. Das Christentum. Die Scholastik. Die italienische Schule. Die französische. Die Renaissance. Die Reformation. Die Gegenreformation. Die Aufklärung. Die Revolution. Die Naturwissenschaften. Und zuletzt die großen Bildungsideale. Alle Menschen in gleicher Weise alles zu lehren. Die Schweizer: Jean-Jacques Rousseau und Johann Heinrich Pestalozzi. Endlich angekommen bei der natürlichen Entwicklung des Kindes, der von Kopf, Herz und Hand, und den Märchen und den Bienen und den Blattläusen, der kindgerechten Anschauung, Biologie unter freiem Himmel, pädagogischen Leitlinien, aufgeschrieben in den Abendstunden eines Einsiedlers, hoch oben in den Schweizer Bergen.

Und an der Stelle hatte er innegehalten der redefreudige Vater, die Geschichte der Pädagogik abgeschlossen, während es für andere da erst richtig losgegangen wäre bei der russischen Revolution, bei Lenin, bei Lunatscharski, bei Makarenko, den neuen Erziehungsidealen: Man muss eine neue, völlig neue Pädagogik, einen neuen, völlig neuen Menschen schaffen. Der Umerziehungsgedanke. Der Resozialisierungsgedanke. Disziplin. Aufrichtigkeit. Arbeit. Die Straße des Lebens. Ein schöner Titel. Makarenko, der Dichter. Vielleicht deswegen nicht hineingekommen in die Partei. Der neue Mensch, nur ein Entwurf, steckengeblieben in einem Zug auf halber Strecke, gestorben an Herzversagen. Der Vater hätte passen müssen. Und sie konnte Makarenko gelesen haben im Original. Sie hatte auch nichts gegen Disziplin, Aufrichtigkeit, Arbeit, kollektive Prinzipien auf der Straße des Lebens. Die ersten Christen hatten auch schon in Kommunen gelebt. Sie war Mitglied der FDJ, würde bald auch Mitglied der SED werden. Aber sie würde sich nicht schmücken mit einem Parteiabzeichen. Man sah sie selten im blauen Hemd. Zu ihr passten keine Uniformen. Und um den Hals trug sie bis zuletzt die Kette mit dem Anhänger, das Kreuz zur Konfirmation, ein Geschenk ihres Vaters.

Christine war stolz, wenn sie zum Abendbrot blieb. Die Mutter wie immer sehr misstrauisch. Später würde man sie sehen, zwei Frauen Arm in Arm auf einem Foto, einer Aufnahme, gemacht auf einer Klassenfahrt, die Mutter lächelnd, ein seltener Anblick. Kurz darauf würde die Lehrerin in den Westen gegangen sein. Vielleicht war es die Musik. Vielleicht war etwas in ihren Augen, etwas, das sie so anbetungswürdig machten. Die Augen der Mutter dagegen immer trübe, immer traurig. Diese stummen, anklagenden Blicke auf das Leben, auf die Welt, das unvollkommene Dasein so, wie es war. Und auch die Augen des Vaters immer verschlossener geworden mit den Jahren. In so vielen Augen Versprechen über Versprechen. Und die meisten am Ende doch nicht gehalten. Die vielen Enttäuschungen. Der Verrat eines Fräuleins. Götter, an die man nicht mehr glauben konnte. Und dann sie. Und mit ihr diese Sprache. Russisch. Ja, vielleicht war es das gewesen, diese Sprache, schön wie Taubengesang.

5

Mutter und Vater. Wie Erde und Feuer. Zwei Elemente, durch einen Ring aneinander gebunden. Und die Erde hätte das Feuer gelöscht. Und das Feuer die Erde verbrannt, wären sie sich zu nahe gekommen. Zwei Planeten auf anderen Bahnen, von anderen Sonnen beschienen. Sie sprachen nicht dieselbe Sprache. Zwei, die das Bett miteinander teilten, zusammen an einem Tisch saßen. Und die Mutter besorgte das Haus, besorgte das Essen. Und der Vater besorgte das Geld für das Essen. So war es gewesen seit Ewigkeiten. Aber die Ewigkeiten waren auseinandergefallen. Die Väter im Krieg gewesen. Und auch die Mütter hatten die Häuser verlassen. Der Krieg hatte alles verändert.

Sie konnten nicht reden. Sie konnten nicht schweigen. Sie konnten nur streiten. Jeder für sein Recht. Jeder für seine Ehre. Jeder in sein Haus eingeschlossen. Sie brauchten das, brauchten den Streit. Ohne Streit hätten sie es nicht ausgehalten, hätte es keine Versöhnung gegeben, keine Rückkehr zu den Ewigkeiten, Eltern, in Rollen gefangen, aus denen hätte kein Mensch sie erlöst.

Und Christine stand allein auf der Straße, der schmalen Straße zwischen den Fronten, zwischen Frieden und Streit. Sie konnte nicht anders, musste sie hochhalten die Fahnen der Völkerverständigung, der Freundschaft, des friedlichen Miteinanderlebens aller Menschen, die Ideale: Freiheit. Gleichheit. Brüderlichkeit. Sie sah die Enttäuschung auf dem Gesicht der Mutter, sah das schlechte Gewissen vom Vater. Seine Schwüre, seine Eide, seine Versprechen. Er würde sie immer wieder gebrochen haben. Er konnte nicht anders. Und auch die Mutter konnte nicht anders. Alle konnten sie nicht anders. Und immer mehr Versammlungen, immer mehr Streit im Haus. Der Vater, der Tagmensch, plötzlich ganz anders, plötzlich in sein Gegenteil verkehrt, in ein dunkles, lautes Nachttier verwandelt. Vergeblich, den Friedensengel zu spielen, das schöne Fest der Versöhnung im Auge zu haben. Sie wären doch wieder dahin zurückgefallen, wo keine Liebe war.

Und die Schwester ging eigene Wege, wollte nichts hören von einer viel besseren Zukunft, dem schwerelosen Leben, auferstanden aus Ruinen, wollte zurück in die Vergangenheit, Märchen hören, einen schönen Prinzen zum Einschlafen haben, einen reich gedeckten Tisch, Essen von goldenen Tellerchen. Sie hatte eine Art, sich immer das Beste auszusuchen, sich hinter jedem Rücken zu verstecken, nur mit dem Naheliegenden beschäftigt, erfreut über eine gutes und beleidigt über ein schlechtes Essen, mit einer dicken Haut vor und nach der Schule. So war die Schwester. Mit allem zufrieden. Bei allen beliebt. Sie konnte sogar mit der Mutter gut auskommen, mit den Großeltern, den Kühen, den Schweinen und dem ganzen Mist, hatte sofort Anschluss gefunden im Ort, während Christine am Fester stand an langen Nachmittagen, wenn keine Schule war, keine Pionierversammlung war, die

Parade der Mädchen vor Augen, die besten Freundinnen untereinander, wie sie vorbeigingen, untergehakt, als hätte nichts im Leben sie trennen können. Da herrschten noch die alten Gesetze auf der Straße. Da wurde man nicht eingeladen. Da musste man sich selbst einladen. Und Christine warf den Kopf in den Nacken mit ihrer Sehnsucht hinter der Gardine, ihrer Sehnsucht nach einem Gesicht, nach jemand auf der Welt, der wie sie in dem Augenblick an einem Fenster gestanden hätte, allein.

Sie zweifelte nicht daran, dass sie dem Gesicht begegnen würde, dass sie es erkennen würde an dem Tag, dass der Tag kommen würde, das Morgenrot, das alles verändern würde, dass sie nur warten musste, sich an den Gedanken verschwenden musste, weitergehen, nach vorn schauen musste, nicht zurück auf eine verlorene Zeit, die Zeit der Kindheit, der trügerische Gedanke, dort wäre man einmal geborgen gewesen, aufgehoben gewesen in einem Kreis.

Es war eine Wüste. Die Kindheit eine Landschaft aus Einsamkeiten. Einsamkeiten ohne Ende. Einsam auf die Welt gekommen, der Mensch mit seiner Sprache, seinem ersten Schrei, ein vertrotztes Anschreien gegen die Mauern des Schweigens. Sie ging über den Friedhof, sah die vielen Gräber, vergessene Leben, sah die unendliche Mühe, sich behauptet zu haben gegen Krankheiten, gegen Hunger und Kälte, gegen Geschwister, herrische Eltern, herrische Lehrer in herrischen Systemen, und dennoch gestorben, am Ende vielleicht sogar krank. Menschen wie Ameisen. Ameisen auf Ameisenstraßen. Auch die schleppten schwer an ihren Toten. Kampf, überall Kampf an der Erde, ein seltsames Bemühen, die nächste Sekunde, den nächsten Schritt auch noch zu überleben, nicht gefressen zu werden, nicht zertreten. Eben erst der Hölle entronnen. Und schon wieder eine neue Hölle vor Augen.

So viele Hoffnungen begraben. Träume wie Schiffe versenkt.

Christine war nicht geschaffen für den Gleichschritt in einer Reihe, so sehr sie sich auch bemühte. Sie hatte es bald erfahren müssen, das Gefühl unterzugehen in einer Masse, gegen den Strom anschwimmen zu müssen, dem Sog widerstehen zu müssen im Moment der größten Hingabe. Ein heftiger Widerstand war es gewesen, Verrat, Verrat an den anderen, Verrat an der Sache, der gemeinsamen Sache, ein großes Versagen, demonstrativ, auf einer Demonstration, auch wenn es unentdeckt geblieben war, auch wenn es niemand bemerkt hatte. Sie konnte es sich nicht vergeben.

Sie konnte nur einem anderen vergeben, dem ersten Jungen aus ihrer Klasse, der in den Westen gegangen war, der erste Stuhl, der herausgetragen werden musste, von dem man sich verabschieden musste, wortlos. Sie hatte den Jungen gut gekannt, ihm manchmal geholfen bei den Hausaufgaben. Bei ihm zuhaus hatten sie immer in der guten Stube gesessen. Und alle Augenblicke war jemand hereingekommen. Da war man oft gestört worden beim Arbeiten. Der Junge war auch nicht dumm gewesen. Der hatte es nur schwer gehabt mit der Sprache. Ein Haken in jedem Wort, jedem Satz. Selten einen Satz zu Ende gesprochen, weil man ihn schon vorher unterbrochen hatte. Der konnte nicht gehofft haben auf ein Wunder, dass es besser werden würde für ihn im Westen. Der wäre auch in jeder anderen Schule erst einmal ausgelacht worden. Ein Außenseiter. Ein Schwächling. Ein Verdammter. Über Nacht zum Feind der Republik gemacht.

Ein Feindbild an die Wand geschlagen. Da hing es über allen Köpfen wie ein Strafgericht. Das halbe Volk zu Feinden erklärt. Das halbe Volk angesteckt von Fluchtgedanken. Das halbe Volk am liebsten zum Teufel gejagt. In jeder Straße verplombte Türen. Leere Wohnungen. Leere Geschäfte. In jeder Klasse freigebliebene Stühle, Lehrer, die aus den Ferien nicht mehr zurückgekommen waren. Eine enorme Flutwelle aus Abhauern war über das Land hinweggegangen. Da sollte man sich noch ausgekannt haben auf einem Schulhof bei Frisuren, die waren einem amerikanischen Sänger nachgemacht, und Nietenhosen und Schlagern, die kamen auch aus dem Westen.

Christine musste die Front abschreiten zwischen Freunden und Feinden, sich jeden Schritt, jedes Wort genau überlegen vor einem Appell, nur gerade Wege gehen unter wehenden Fahnen, eine positive Bilanz aufsagen, die Last der Pionierleiterin tragen. Aber das Amt versprach auch Vergünstigungen. Sie konnte hoffen auf eine Reise ins deutsche Mittelgebirge. Das Schauspiel tausend Meter über dem Meeresspiegel. Und von oben hätte das Land wieder ausgesehen wie ein Meer, ein unendlich blaues Meer an den Horizonten, besonders schön an einem Tag im November, die Ostsee, stürmisch bewegt. Das kleine Mädchen mit den Füßen im Wasser. Die hatte ihr Brot in der Hand ganz vergessen. Ein Tag im Sommer. Ein Bild aus einem Fotoalbum. Eine Familienaufnahme. Eltern in ihrer Sandburg, innig verschlungen. Das Mädchen mit dem Blick aufs Meer. Die Augen auf Fernsicht gestellt, vielleicht schon auf andere Strände gerichtet, an anderen Meeren gelegen, auf große Städte wie Paris oder Nizza oder ein Land in Asien, Straßen in den hohen Norden, schnurgerade durch Wälder gezogen. Auf den Osten mit seinen Steppen, seinen Wüstenlandschaften. Die höchsten Berge der Erde, von oben gesehen.

Und die Mutter wollte nichts wissen. Sie hätte am liebsten jedes Buch aus der Wohnung geschafft, das ganze Wissen über den Haufen geschmissen, nur Papier, sinnlos beschrieben, Staubfänger in einem Schrank. Die Menschen seien nicht klüger geworden vom Lesen. Kein Buch habe die Welt verändert. Nichts habe sich geändert. Das Bücherlesen. Das Bücherschreiben. Die Geistesanstrengung. Der Aufwand an Zeit. Sie ging darüber hinweg. Literatur, alte und neue Geschichte, es interessierte sie nicht. Sie hatte sich lieber auf den Koppeln herumgetrieben, auf den Rücken der Pferde als mit einem Buch in der Hand. Und nach dem Krieg hatte sie arbeiten müssen, hätte sie gesagt, mit der Betonung auf dem Müssen, sich aufopfern müssen für die anderen, immer nur für die anderen. Sie hatte es vielleicht sogar einmal versucht mit einem Buch. Aber nichts daran gefunden. Es hatte sie gelangweilt. Es war vielleicht ein schlechtes Buch gewesen oder ein zu gutes, eins mit sieben Siegeln.

Und ausgerechnet sie hatte einen geheiratet, der ging mit Büchern ins Bett, einer, der war so anders gewesen als die Männer, die sie gekannt hatte, ganz anders als der Molkerist mit den großen Händen, Hände, die sich nach ihr ausgestreckt hatten, nach ihr gegrapscht hatten, vor denen sie sich geekelt hatte, einer mit kleinen Händen, die linke noch schmaler geworden durch den fehlenden Finger, der im Krieg geblieben war, Männerhände, die eher wie Frauenhände ausgesehen hatten, die sich manchmal an ein Klavier gesetzt hatten zum Improvisieren und sich dennoch nie gescheut hatten vor grober Arbeit, denen kein Ernteeinsatz, kein Kuhstallausmisten zu viel gewesen war.

Die Mutter hingegen hatte sich auffressen lassen von den praktischen Imperativen. Sie musste alles immer kompliziert machen. Jeden Tag stand sie vor den Fragen. Was soll ich anziehen? Was einkaufen? Was kochen?

Allein diese Entscheidungen zu treffen in dem Knäuel aus Möglichkeiten, Gerichten, die es hätte geben können,

Farben, die sie hätte tragen können. Für sie waren das Seinsfragen, ein Labyrinth, in dem sie sich verirrt hatte, ein Strickmuster mit gordischem Knoten. Sie kam nicht heraus aus ihrer Küche, hatte sich dort selbst eingeschlossen, verurteilt zu lebenslanger Fronarbeit an einem Herd, zum Bücherverrat in zwanghaften Handarbeitsstunden bei Kreuzstichen, Schlingstichen, Hexenstichen, Stich auf Stich, unglücklich, sehr unglücklich, aber keinen Zentimeter nachgegeben, kein Stück abgewichen von einem einmal beschrittenen Weg. Stattdessen die Fußböden blankgescheuert auf den Knien bis in die Ritzen. Und niemals einen Liebesroman gelesen. Oder ein Gedicht. Eine Mutter, durch die das Kind immer hindurchgeblickt hatte zum Vater. Übergangen, die vielen Brunnen, die Linden, die wehmütigen Lieder, die sie gesungen hatte beim Kochen, beim Wäschewaschen. Übergangen, die unausgesprochenen Fragen. Was wirst du einmal machen mit einem Kind, das will sein Essen haben, das will saubere Windeln haben, das will in den Schlaf gesungen werden? Immer nur zum Vater geschaut. Der Vater mit seinen Märchen, seinen Lügen. Ja, er konnte so herrlich lügen, das Blaue vom Himmel herunterlügen, einem ein anderes Leben geben in einer Geschichte, Flügel zum Fliegen. Und dann war der Weg zu den Büchern nicht mehr weit, dem ganz großen Geschichtenmeer, in dem zuletzt auch die Stimme des Vaters immer leiser geworden war, langsam untergegangen wie eine Insel, das kleine Reich, von dem aus einmal alles bestimmt worden war in seinen Worten, seiner Sprache, seinen Bildern. Der Vater hatte das Reich verloren, die Krone abgeben müssen, die er nur auf Zeit getragen hatte, die Schlüssel zu den Spiegelsälen nicht mehr in der Hand.

Leicht. Federleicht. Die Gewichte durchgeschnitten, die zentnerschweren Säcke, die nach unten zogen, an die Erde banden, den klebrigen Lehm an den Füßen, den praktischen Sektor der Mutter. Weg von den unfreiwilligen Rollen, dem Lehrerkind, dem Elternkind, dem Friedensengel, dem Vorbild für die Schwester, dem Frosch, der sich immer nur für die anderen verwandeln sollte. Ein bisschen abgehoben. Ein bisschen schwebend im Raum. Die Beine auswärtsgedreht. Der Rücken gerade. Die Finger schmal gehalten. Das Kinn spitz gemacht. Die Kunst, sich umzudrehen auf einem schmalen Balken, ohne zu fallen, die Balance nicht zu verlieren einen Meter über dem Erdboden.

Mit zehn oder elf Jahren musste sie es gelesen haben das Buch über die Tänzerin aus Leningrad. Es musste da auf sie gewartet haben in der Bibliothek, in einer Regalreihe gestanden haben, ihr ins Auge gefallen, in die Hände gefallen sein, nicht zufällig. Es war kein Zufall. Nicht das Buch. Und auch nicht der schmale Band von Kurzgeschichten eines Prager Autors ein paar Jahre später. Die Verwandlung. Und die Zirkusreiterin in der Manege.

Es war ein Tanz. Immer ein Tanz gewesen. Ein Tanz mit den Büchern, über den Büchern, mit dem Wind oder gegen den Wind. Ein Titel, ein Satz, manchmal nur ein Wort, ein einziges Wort. Es konnte sie gerettet haben, bezaubert haben, angesteckt haben. Sie war angesteckt von der Anmut, dem Wirbel auf der Bühne, den graziösen Bewegungen, tiefen Verbeugungen, dem Glück, die Schwere besiegen zu können an einer Stange. Dem Üben der Positionen. Der Arabesquen. Der Attitüden. Der Drehungen. Der Sprünge. Der Körperhaltung. Kopfhaltung. Die Pionierkluft schon ein Tanzkostüm. Jeder Appell schon ein Schritt in die Richtung. Das Licht über Leningrad schön wie Kristall, so schön, dass es wehtat. Es musste wehgetan haben, sehr wehgetan haben an den Füßen. Die Füße, die Fußspitzen ganz verkrüppelt am Ende, die Füße einer Pawlowa, einer Gontscharowa, einer Maximowa, die wehen Füße einer Julia, einer Giselle, einer Sylphide, die blutenden Füße eines Fauns, die Revolution bis in die Fußspitzen hinein, ein Pas de deux mit einem roten Schal, Isidora Duncan, im Bolschoi Theater, in Moskau, 1921, vor Lenin, Schmerzen, Torturen, nur um eine Sekunde lang gestanden zu haben wie ein Vogel in der Luft, wie Nijinski, der tanzende Gott.

Christine träumte. Sie träumte mit offenen Augen auf dem Friedhof, in diesem seltsamen Garten, in dem sie saß, so oft gesessen hatte auf der Bank neben dem Engel, der kleinen Figur auf einem Grab. Einer dieser Anfälle, die kamen und gingen, besonders im Frühjahr, besonders im März und April. Die hörten auch wieder auf. Und eigentlich war es viel zu kalt gewesen zum Draußensitzen. Aber das Frieren war nicht das Schlimmste. Vergessen das alte Leiden, die Blasenentzündung, die es gegeben hätte hinterher. Vielleicht sogar heilsam, die frostige Decke über trübe Gedanken gebreitet zu haben. Sie wunderte sich ja selbst, wie das manchmal bei ihr anschlug, das Schreiten durch winterliche Bilder, das Sichwegdenken, Sicheinfrieren in Gedanken, Träume, so weiß. Eine Spaziergängerin in Leningrad mit dem Foto einer Primaballerina zuhaus, an der Wand. Die Ulanowa, die Odette im Schwanensee, und ein Buch, das sie mehr als nur einmal gelesen hatte. Und so viele andere Mädchen noch. Und nur eine auserwählt. Nur eine konnte es sein, die Primaballerina assoluta geworden sein. In Leningrad geboren, mit einem Vater, der war Choreograph gewesen. Und die Mutter Tänzerin. Und sie, die kleine Ulanowa, hatte ganz andere Träume gehabt als vom Ballett, Träume von Meerfahrten, Schiffsreisen, sanften Bewegungen auf Ozeanwellen, die Welt einer Kinderwiege, sich einen anderen Weg gewünscht als den, der beschritten werden musste: Arbeit. Disziplin. Fleiß. Jeden Tag. Und immer die Zweifel. Jede Rolle ein Kampf mit ungnädigen Geistern. Die strenge Stange im Rücken. Die strengen Spiegel im Auge. Das Sichselbstsagenmüssen: Du musst, du musst es schaffen.

Vielleicht war es das. Vielleicht waren es die Spiegel, diese Spiegel über ganze Wände. Das Stehen auf einer Bühne, in ein helleres Licht gehoben, berühmt, geliebt, von aller Welt verehrt. Keine Ameise an der Erde, schon im nächsten Augenblick zertreten. Kein Grab auf einem Friedhof, an dem niemand stehenbleiben würde. Vielleicht auch ein Wegkommenwollen von zuhaus. Und Leningrad so weit. Und nur über die Partei wäre es möglich gewesen, über die Politik, über ein rotes Tuch um den Hals. Die deutschrussische Freundschaft. Erstklassige Zensuren in allen Fächern. Eine Sammlung von Abzeichen, bronzene, silberne, goldene Anstecknadeln am Revers. Und die Sprache der Tauben zu sprechen. Den Tanz für sich zu behalten, in sich einschließen zu müssen, noch einsamer werden zu müssen, jeden Morgen in das Korsett, es sich selbst zuschnüren zu müssen, die Schwäche bekämpfen zu müssen, das Sichnachgebenwollen, die Müdigkeit, die Zweifel. Das Versteckspiel gemacht haben zu müssen für die anderen, die nichts wissen wollten von der Kunst, nichts wissen wollten von einem neuen Leben, für die das neue Leben immer das alte Leben geblieben war, aus Bequemlichkeit, aus Schwäche, aus Angst zurückgeschreckt wären vor jeder Utopie, jedem Traum. Mit denen hätte man keinen Sputnik in den Himmel geschickt, keine Weltraumflüge gemacht. Mit denen wäre die Welt eine Scheibe geblieben. Jede

Revolution hätten sie verraten. Sie hätten nur ein Bild von der Wand genommen und ein anderes über die Stelle gehängt, den historischen Irrtum, wie sie sagten.

Da hatte eine keine Fragen zu stellen. Da hatte ein Großvater nur gesagt, der auf dem Bild sei ein ganz großer Lump gewesen. Aber da hatte sich eine vielleicht doch gefragt, warum man einen Lumpen angebetet haben musste so lange. Und nie eine Antwort bekommen. Die Kunst lag in den Rüben. Einen Bauer wie den Opa hätte man nur beeindrucken können auf dem Feld mit einer Hacke in der Hand. Und eine Frau wie die Mutter nur mit einem Strickstrumpf oder einer Kreuzstichdecke. Und ein Vater hätte wieder einmal seinen alten Traum erzählt von der Waldeinsamkeit eines Försterlebens, im grünen Rock, in den großen Wäldern Ostpreußens, frei nach den Abendstunden eines Einsiedlers. Und dann hätte er vielleicht noch gesagt: Das habe jeder junge Mensch erleben müssen, verlorene Illusion, wie das so hieß, die Straße des Lebens in der Sprache der Pädagogik.

6

Weihnachten, alle Jahre wieder, die Wonnen der Gewöhnlichkeit, als wäre die Zeit stehengeblieben, als hätte es sie nicht gegeben, die Jahre 1956, 1957, 1958, als hätte es nur den Raum gegeben, das festlich geschmückte Weihnachtszimmer, die roten und gelben Kugeln und das Lametta am Baum. Und immer bei den Großeltern. Immer alle zusammen. Eine hohe, erhabene Tanne in der guten Stube. Und ein Kind davor so klein. Und dann größer geworden mit den Jahren. Aber das Weihnachtszeremoniell war geblieben. Immer so und nicht anders. Ein Opa mit der Bibel in der Hand. Jedes Jahr vorgelesen die alte Geschichte: Es geschah aber zu der Zeit. Und sie fanden keine Herberge. Und sie legten das Kind in eine Krippe. Und nach der Lesung das Singen. Drei, vier Lieder. Alle Strophen. Stille Nacht, heilige Nacht. Und es ist ein Ros entsprungen. Und ein Kind hatte lange Zeit dabei an ein Pferd gedacht, einen wildgewordenen, schwarzen Rappen, bis dem Kind das Ross rotangestrichen worden war in einem Diktat. Ein grober Fehler. Aber das Kind hatte immer noch nicht glauben können an die Rose im Winter.

Weihnachten, das Fest der Liebe. Und vielleicht sogar Streit. Immer hatte der Boden gezittert. Und wenn sie dann endlich angekommen waren, die Pakete. Schon die Postboten hatten feierliche Gesichter gemacht, sofern sie nette Postboten waren. Und nur die waren nett gewesen, die auch Verwandte hatten in Niedersachsen oder noch tiefer im Westen. Und die Oma hatte es ganz raffiniert gemacht. Die war nach Berlin gefahren, ohne vorher um eine Ausreisegenehmigung angefragt zu haben, einen Flug gebucht von Tempelhof nach Hannover-Langenhagen, einfach so, zum Einkaufen. Und jeder andere hätte es abstreiten müssen, von der Reise gewusst zu haben. Kaum auszudenken, was passiert wäre, hätte man sie erwischt. Aber sie hatte sich nicht erwischen lassen. Und eine Flasche Schnaps mitgebracht zur Besänftigung aufgewühlter Gemüter, Asbach uralt, zuunterst im Koffer versteckt. Eine Oma hatte so ihre Methoden. Und an Weihnachten wurde nichts abgelehnt. Da wurde gegeben und genommen und dem Herrgott gedankt.

Es war ein Weihnachtsfest ganz unter dem Zeichen der neuen Zeit, eines Fernsehers in der kleinen Stube der Großeltern und einer Einrichtung, genannt die LPG, dem Namen nach ein freiwilliger Zusammenschluss von Bauern und Landarbeitern zur Schaffung von größeren

Feldern. Vergessen sollten sie sein die Zäune, die Hecken, die guten Stuben sentimentaler Schriftstellerstunden. Vergessen die putzigen Ställe für ein paar Kühe mit Frauennamen. Die Vroni. Die Toni. Und die Heidi. Vergessen die kleinen Prachereien, die Überreste von privatem Besitz. Stattdessen Kahlschlag. Flurbereinigung. Kolchose, sagte der Opa. Und freiwillig nur auf dem Papier. Er wollte nicht in die LPG. Lieber jeder für sich weiter mit seinem alten Gaul und dem Pflug auf dem eigenen Acker. Ewig der Mensch des Menschen Wolf, als aufgesprungen auf den kollektiven Traktor, die Generallinie: Es lebe der Mensch in der Brigade.

Gorki war ins Exil gegangen. Jessenin, der Bauerndichter hatte sich umgebracht, bevor man ihn umgebracht hätte ein paar Jahre später. Und die LPG würde kommen wie die Kolchose gekommen war, das Schiff mit den Kanonen, gerichtet auf das reaktionäre Bauernpack. Endgültig aufgeräumt mit dem Denken, die Revolution sei eine Idylle, die Macht ein Musterknabe, die schöpferische Kraft im Menschen nicht auch zerstörerisch. Die Wahrheit würde immer in den Augen schmerzen. Ein sturer, alter Mann hätte das Rad der Geschichte nicht aufgehalten. Und so manchen sturen, alten Mann hatte man gefunden, hängend in einer Scheune. Das Rad wäre weiter den Berg hinabgerollt, rücksichtslos über Köpfe hinweg.

Da waren sie herumgegangen im ganzen Land, die Männer aus den Kaderschmieden mit Marx- und Engelszungen, die Überzeugungsarbeiter mit Herzen, hart wie Stahl. Sie seien wieder da gewesen, hatte die Oma am Vormittag zum Vater gesagt. Zu dritt seien sie dieses Mal gekommen. Und der Opa habe geweint hinterher. Da hatte auch Christine sich Gedanken machen müssen über ein Wort, zu dem man gezwungen werden konnte.

Niemals hatte sie ihren Großvater weinen gesehen. Und plötzlich sollte der Mann in Tränen ausgebrochen sein wie ein Kind. Da war auch der Vater ganz still geworden in der Küche. Und was hätte er auch schon sagen sollen zu einer bekümmerten Oma, außer ihr versprochen zu haben, das Reden über Politik zu lassen an einem heiligen Abend. Denn die Oma wollte keinen Streit. Man müsse Rücksicht nehmen, hatte sie gesagt. Den Opa schonen. Es sei wieder schlimmer geworden mit seinem Rheuma.

Ein denkwürdiges Weihnachtsfest. Der Opa vielleicht zum letzten Mal als freier Bauer. Noch wehrte er sich. Noch hatte er die Kraft dazu. Aber sie würden wiederkommen, die Männer. Es war nur eine Frage der Zeit. Irgendwann würde auch er sich ergeben müssen, unterschreiben müssen das Blatt Papier, die Abdankungsurkunde. Die LPG würde kommen wie das Amen nach einem Gebet, auch wenn es noch ein nächstes Weihnachtsfest geben würde ohne sie. Irgendwann würde er doch in einer Brigade stehen müssen, die Arbeitsnorm erfüllen müssen, die unterste Grenze nur, die wirtschaftliche Talfahrt im Land würde beginnen mit Leuten wie ihm, von denen hätte sich für eine LPG keiner mehr ein Bein ausgerissen.

Die heilige Familie ideologisch untergraben. Die eine Hälfte schon im Westen. Die andere Hälfte auf dem Sprung. Und die Oma war auch nicht nur zum Einkaufen in den Westen gefahren. Sie musste schon einiges hingetragen haben von dem gesparten Geld. Und der Fernsehapparat musste auch bezahlt worden sein. Aber am Heiligen Abend wurde nicht auf den Knopf gedrückt. Da wurde wie immer gesungen. Und nach dem Singen würden zwei Mädchen Gedichte aufgesagt haben wie immer. Und die Schwester würde steckengeblieben sein. Und Christine würde ihr geholfen haben. Alles wie immer. Und dann würde sie selbst drangekommen sein mit ihrem Gedicht und einer tiefen Verbeugung vor einer Oma, die noch nie im Leben in einem Theater gewesen war. Die erwartete von einem Mädchen ein unauffälliges Benehmen, und sonst nichts. Und dann wäre die Oma zu anderen Gedanken übergegangen, zu dem, was in der Bratenröhre schmorte, Gedanken, die sich lieber in einer Küche aufhielten, als geleitet zu werden zu einer Wanderschaft hinaus durch die Straßen einer kleinen Stadt, festlich geschmückte Fensterreihen mit Kerzenschimmer, und noch weiter hinaus, bis ins freie Feld, bis in die Selbstvergessenheit hinein, dort, wo man immer allein gestanden hätte unter einem Himmel. Das here Glänzen. Der heilige Schauer. Da mochte eine Oma gedacht haben an viele Weihnachten in ihrem Leben, Weihnachten in Ostpreußen, das letzte Weihnachtsfest vor der Flucht, Weihnachten im Krieg und Weihnachten im Frieden, für einen Moment lang vergessen haben die Hefeteige und Kartoffelsalate, die ganze Arbeit, die Vorbereitungen, die schweren Einkaufstaschen, die Angst, die sie gehabt haben musste zum ersten Mal in einem Flugzeug, die Sorgen um den Opa, die Familie, die Küche, zuletzt immer die Küche. Nie hatte man diese Oma klagen hören in ihrer Küche. Die Küche war ihr Leben. Sie hatte es so gewollt, eine große Familie haben wollen, sie am Herd, im Zentrum, in der Mitte. Sie ließ sich die Butter vom Brot nicht nehmen. Diese Oma hätte sich auch in einer Brigade durchgesetzt mit ihren oft schroffen Kommentaren. Und dann wieder still wie ein See in den Bergen, von Felsen eingerahmt. Kühl. Ja, sie konnte sehr kühl sein. Ihr Vater war Bürgermeister gewesen. Sie, die einzige Tochter. Verwöhnt. Begehrt. Viel geliebt. Für das Kind eine Fremde geblieben. Die Großeltern ein verschlossenes Haus. Immer in der Tür gestanden. Immer den Abstand gewahrt. Vielleicht aus Respekt. Vielleicht aus Angst. Christine hatte dieselbe Nase, die feine, schmale Nase der Oma. Und die tiefliegenden Augen mit den Schatten, Augen, die viel gewusst haben mussten von dem stillen Glück einer Dichterstunde. Die Oma hatte sich ein wenig zurückgelehnt in ihrem Sessel, die Augen geschlossen und gelächelt. Ein Bild. Ein Portrait. Da steckte noch das unbekümmerte Mädchen drin, die junge Braut, die ihre große Liebe geheiratet hatte. Und schon die alte, kranke Frau mit dem wuchernden Krebs im Bauch und diesem Lächeln, einem Lächeln wie hinter dem Gesicht.

Und die Schwester war in Gedanken schon bei den Geschenken. Und der Onkel hatte still und verschwiegen in einer Ecke gesessen in seinem besten Anzug mit der Uhr zur Feier des Tages. Und auch der Vater in Gedanken weit fort, wieder da angekommen in der Hütte der Kindheit bei einer kleinen, abgerackerten Frau, seiner Mutter, die ihn immer so angeschaut hatte, wie die Mutter ihn gerade angeschaut hatte. Der forschende Blick. Der Versuch, Gedanken zu lesen. Das fromm geschmückte Spielzeug hatte damals gefehlt im Fenster. Und die Augen hatten immer so geschaut, als hätten sie sich dafür entschuldigen müssen, für die Armut und dafür, dass die Teller immer viel zu schnell leer gewesen waren, den Jähzorn eines Vaters und so manche Hänselei auf einem Schulhof. Der Vater war doch immer der kleinste gewesen, das Ernstchen gewesen. Sie hatte doch immer Ernstchen zu ihm gesagt und immer so geschaut, als hätte sie gegen einen zusammengekniffenen Mund zu kämpfen. Er hatte versäumt, es ihr zu sagen, es einmal auszusprechen. Sie hatte doch nichts dafür gekonnt. Und dann war es zu spät gewesen. Da hatten sie sie schon an die Wand gestellt, die kleine, zittrige Frau, die sich niemals um

Politik gekümmert hatte. Er fühlte sich schuldig daran. Aber er würde das Gefühl bald wieder vergessen haben, jeden Anlass beim Wort genommen haben, einen Schnaps zu trinken hernach mit dem Opa. Und darauf freute er sich. Und auch auf das gute Essen. Und zuletzt hätte er sich auch noch über einen bunten Teller hergemacht wie ein Kind.

Und am nächsten Tag würde es weitergehen bei Gänsebraten und Rotkohl. Und zum Kaffee ostpreußischen Mohn. Und abends würde man vor dem Fernseher sitzen, erst die Nachrichten im Osten anschauen und dann umgeschaltet haben auf den anderen Kanal. Die netten Damen von der Ansage. Und dann würde man die Kinder nach nebenan geschickt haben, ins Bett. Da gab es kein Pardon unter den Augen gestrenger Großeltern. Und bei einem Liebesfilm schon gar nicht. Und der Onkel würde auch schon längst in seine Kammer gegangen sein. Und den Vater hätten ohnehin nur Kriegsfilme interessiert. Aber noch lieber hätte er einen Skat gedroschen mit dem Opa. Aber dazu fehlte der dritte Mann. Und die Mutter war noch nicht so weit, den dritten Mann zu spielen. Die schaute in die Ferne. Und mit dem Fernsehprogramm jeden Abend würde es bald Sylvester geworden sein in der großelterlichen Stube. Die Oma würde Berliner gebacken haben, Berliner mit seltsamen Füllungen. So wie immer. Und auch Kinder hätten das Fernsehballett tanzen sehen dürfen in Stöckelschuhen. Aber die Kleider, hätte die Mutter gesagt, die schönen Kostüme. Und der Vater hätte allen ein schönes, neues Jahr gewünscht pünktlich um zwölf Uhr. Und dann würden alle rausgegangen sein an die Wassertonne zum Bleigießen, jeder mit einem Löffel in der Hand und einem Wunsch.

Der Vater hielt nichts von fommen Wünschen. Aber einen Schnaps hätte er gern noch getrunken. Den ersten im neuen Jahr. Und die Mutter hätte sich die Verwandlung des Vaters in einen Abstinenzler gewünscht, gesagt hätte sie aber, das sei alles nur Quatsch und außerdem viel zu kalt. Und die Oma hätte sich vielleicht eine Melkmaschine gewünscht, nicht in einer LPG, im eigenen Stall. Und die Schwester hatte vor lauter Wünschen ihren Wunsch vergessen.

Nur der Opa war ganz still und in sich gekehrt gewesen. In der ganzen Zeit zwischen Weihnachten und Neujahr hatte man kaum ein Wort von ihm gehört. Diesem schweigenden Mann hätte Christine am liebsten ihren Wunsch abgetreten. Denn sie wusste, von ihm hing alles ab. Das Weggehen der Großeltern hätte auch das Weggehen der Eltern bedeutet. Noch hatte er gesagt, er fühle sich zu alt. Und die Oma wolle es auch nicht. Aber sagen konnte man viel. Auch über eine LPG. Warum sollte das Land nicht allen gehören. Verloren war es ja nicht. Nur ausgeliehen. Der Opa hätte es ein wenig leichter gehabt bei der Arbeit. Einen Achtstundentag wie alle. Und endlich auch einmal Urlaub. Der aber dachte nicht an Urlaub. Hätte sich keinen geregelten Arbeitstag, keine Erleichterung gewünscht über seinen Kopf hinweg, nur gesagt: Was ist das für ein Glück, das einem aufgezwungen werden soll. Nicht ein einziger Vorteil hätte in seinen Augen Bestand gehabt. Und am Ende wäre nur der Zwang übriggeblieben an der schönen Idee.

Diese Wassertonnen hatten ja schon immer Schicksal gespielt. Und manche Kinder mussten sie ganz besonders fasziniert haben. Ein Mädchen über den Wasserspiegel gebeugt wie der Held aus einer Sage. Und ein Mann hatte schnell laufen müssen, um das Mädchen noch rechtzeitig herausgezogen zu haben an den Haaren, sonst wäre sie ertrunken. Der Genosse Schriftsteller musste gewusst haben, wovon er schrieb.

7

Sie waren einmal ein ganz munteres Völkchen gewesen. Den Freuden des Lebens nicht abgeneigt. Und manchmal auch sehr traurig. Und sie hatten auch gern einmal einen getrunken. Und Polka getanzt auf den Tischen nach einem Walzer. Und hernach in den Scheunen gelegen. Und es nicht als Sünde angesehen. Und dann war der Herr gekommen mit erhobener Hand. Ein anderes Volk mit anderen Festen, Krieger vor einer Bundeslade, Priester mit Widderhörnern, ein ganzer Posaunenchor. Jericho war untergegangen. Und nach Jericho auch Sodom, Gomorrha, Babel und das schöne St. Petersburg. Verflucht sollte es sein. Ein Zar sollte seine Zarin nicht verstoßen haben. Die Rache der Götter, Sintfluten über der Zarenstadt, Wassermassen, vom Boden gegen den Himmel angestiegen. 1824. Und 1924 wieder. Und zuletzt ein ganzes Land untergegangen in einer Stasigroteske. Ein Turm aus Aktenbergen, Protokollen, Informantenmaterial. Gespitzte Ohren an den Wänden. Wanzen unter Betten. Maulwürfe im Garten. Decknamen. Der Nachbar von unten? War er es gewesen? Oder ein anderer? Oder noch ein ganz anderer? Jeder hätte es sein können. Jedes Wort schon ein Wort zu viel. Und ein Wort ganz großgeschrieben: Angst. Angst in Häuser, in Wohnungen eingezogen. Angstgedanken in so vielen Köpfen. Das Gift der Angst in allen Ritzen.

Die alte Geschichte. Mit Angst ließ es sich immer leichter regieren. Ein Volk aufgespalten in solche, die verrieten und solche, die verraten waren. Da war der Weg oft nicht sehr weit gewesen zum Denunziantentum, aus einem harmlosen Familienvater auf einmal ein ganz anderer geworden. Ein paar Versprechungen. Ein paar Vergünstigungen. Freiwillig oder gezwungenermaßen. Männer hatten es gemacht. Kinder hatten es gemacht. Und Frauen hatten es auch gemacht. Ein karrieresüchtiges Fräulein auf die Art und Weise zur Schulleiterin aufgestiegen. Die kleinen, ganz alltäglichen Verrätereien. Neid und Missgunst und Habgier unter den Leuten. Nachbarn, die freundlich taten und einen hinterrücks anzeigen gingen. Da konnte sich nur ein Bauer hingestellt haben mit der Bibel in der Hand und dem Spruch: Du sollst nicht falsch Zeugnis reden wider deinen Nächsten, ein gottesfürchtiger Opa und Gesetze, die sollten ewig gelten. Aber sein Gott war nicht gnädig zu allen.

Die Bauern hätten immer zu essen gehabt, hatte der Vater gesagt, und den Bauern insgeheim gegrollt deswegen. Sein Vater war nur ein einfacher Landarbeiter gewesen, in den langen Wintern oft arbeitslos. Der hätte alles getan, um aus dem Elend herauszukommen. Für jede Partei, ob schwarz oder rot, egal, Hunger hatte keine Moral. Und alle aus dem Haus gejagt, die blanke Not im Nacken. Die Russen aber hatten nicht lange gefackelt. Mit solchen Leuten sofort kurzen Prozess gemacht. Die höhere Gerechtigkeit, hätte der Opa gesagt. Aber es war vielleicht doch nur Rache.

Den Vater verfolgte die Geschichte. Sie ließ ihn nicht los, ließ ihn nicht schlafen. Man konnte ihn hören, nachts, wenn er schrie, Worte, Sätze aus einem Raum, der dann auf einmal kein Klassenzimmer mehr war, unkontrollierbar in seinen Bildern, der Krieg mit seinen Schusswunden, seinen Erinnerungsfetzen, wandernden Splittern in den Gliedern. Bei Tag sprach er nicht darüber. Der Tagmensch sprach über Fakten, Tatsachen, gespeichert in helleren

Gehirnkammern. Alte Geschichte, das heilige römische Reich deutscher Nation, Fürsten, Könige, Kaiser. Heinrich der Vierte, Fünfte, Sechste. Karl der Große. Er wusste genau, was sie gemacht, und was sie zu machen versäumt hatten. Kriege, Bündnisse, Geburtsdaten, Krönungszeremonien, Hochzeiten, Todesjahre. Es konnte einem schwindlig werden von all den Daten. Sein Lieblingsthema: Die Bauernkriege, ob aus Respekt oder aus Groll gegen die Bauern, gleichgültig. Es hatte sie gegeben. Das reichte. Von ihm kamen keine Deutungen, keine Gefühle. Sie hatten keinen Platz in seiner Geschichte. Man hätte ihn nicht fragen können nach Kriegserlebnissen. Er hätte abgewunken. Da gäbe es nichts zu erzählen. Und die Mutter hätte über die Läuse gesprochen, als habe der Krieg nur darin Bestand gehabt, derart groß war ihr Ekel gewesen vor den Viechern, den wildgewordenen Völkern, die über sie hergefallen waren im Winter fünfundvierzigsechsundvierzig. Ein halbes Jahr die Hölle auf der Kopfhaut. Das schöne, lange Haar versaut, als wäre sie die einzige gewesen, als hätte es nicht noch ganz andere Höllen gegeben. Die deutschen Armeen kurz vor Moskau. Hitler schon in Gedanken bei der Siegesfeier im besten Hotel der Zarenstadt. Die Belagerung Leningrads. Zwei lange, harte Kriegswinter hatte sie gedauert. Die Mauern der Eremitage bis zu den Decken mit Reif überzogen. Eine gespenstische Ausstellung von leeren Rahmen, vergoldete, kleine, große, glatte, geschnitzte Rechtecke. Die Bilder herausgeschnitten. Da hatte man nicht geredet über den Hunger, über die Kälte. Alles in den Mund gesteckt, was noch kaubar war. Alles in den Ofen hinein, was noch brannte. Möbel, Bücher, alte Papiere, Kleider, Skelette. Eine dunkle, stinkende Qualmwolke über der Stadt.

Und Christine hörte die Posaunen, den schrillen Posaunenchor einer Mutter. Die Mutter mit ihrem Misstrauen, ihren Geräuschen, ihrer Angst vor dem Leben. Jeder Pieps ein verdächtiges Zeichen. Jeder Schatten an einer Wand. Sie wollte weg, nur noch weg, sah überall Feinde, Spitzel, angesetzt auf den Vater. Und der Vater viel zu leichtgläubig, viel zu redselig. So oft gewarnt worden. Er würde sich noch einmal um Kopf und Kragen reden. Und eine Lehrerin, die war nicht mehr zurückgekommen nach den Ferien. Und Lügen. Lügen über Lügen. Da wurde gesagt, die Kollegin habe auf eigenen Wunsch versetzt werden wollen. Niemand sagte, wie es war, sagte, dass sie in den Westen gegangen war. Dabei war es doch schon so alltäglich geworden. Die ausgedünnte Nachbarschaft. Die vielen leeren Wohnungen. Die Gräber auf dem Friedhof noch verlassener.

Ein kalter Wind an der Schule. Ein neuer Lehrer. Ein hoher Parteifunktionär, hatte der Vater gesagt, geschickt zum Aufräumen, noch hundertprozentiger als ein hundertprozentiges Fräulein vorher. Das Parteiabzeichen immer am Kragen getragen. Das Haar immer straff nach hinten gekämmt. Und alle hatten es schick gefunden. Und Fächer gegeben, die hatten so ihre Tücken. Mathematik. Die Gleichungen mit den Unbekannten. Und Erdkunde. Die Kreidezeit und das Tertiär. Und das beliebte Thema Braunkohle. Bodenschätze. Und die große, vaterländische Sowjetunion. Der nahm absichtlich diejenigen dran, die sich nicht gemeldet hatten. Ein Jäger. Ein Schmetterlingsfänger, einer, der ein Netz gezogen hatte über den Schulhof, ein Netz für seltene Exemplare.

Das Mädchen, das immer so sehnsüchtig gewartet hatte auf den Augenblick, das Klingelzeichen, wenn die Türen aufgegangen waren, die Kinder herausgekommen waren, endlich, ausgeschwärmt wie die Bienen, ein ganzes

Bienenvolk freigelassen in die Pause, ins Leben. Wie dann der Boden unter den vielen Füßen gezittert hatte und über den hohen Stimmen die Luft. Diese kostbaren Fünfminuten, die immer nur für das Einmalhinausrennen gereicht hatten, bevor alles wieder still geworden war, so still wie in einem hundertjährigen Schlaf. Und nach den kleinen die großen Pausen mit ihrer überzogenen Dauer, die den verlassenen Schulhof sofort, wie durch Zauberhand, in ein großes Theater verwandelt hatten, eine Bühne aus vielen kleinen, oft unbemerkten Dramen, Verschwörungen der Jungen gegen die Mädchen oder auch umgekehrt. Und wie schnell sich dann alles wieder aufgelöst hatte, wenn der Vater dazwischen gegangen war mit einem Machtwort. Den schönen Schulhof eines kleinen Mädchens. Es gab ihn schon lange nicht mehr.

Eines Tages wache man auf aus allen Träumen, hätte eine andere gesagt. Und die musste es wissen. Sie unterrichtete Kunst an der Schule, ohne noch groß geglaubt zu haben an Pinsel und Malblöcke. Sie hatte alles weggeräumt nach dem Krieg, die Malerei an den Nagel gehängt. Die Kunst war nach Brot gegangen.

Sie hinkte, ein Geburtsfehler, von Anfang an daran gewöhnt, die Zähne zusammenzubeißen beim Gehen, trotz der orthopädischen Schuhe, die sie trug, schwere Schuhe, die oft drückten. Aber darüber sprach sie nicht. Sie war dem Bein sogar dankbar. Ohne die Verkürzung hätte ihr ein anderes Schicksal geblüht. Eine Heirat, sofort nach der Schule. Wie das so war, damals. So aber hatte sie studieren können, reisen können, Reisen nach Griechenland und in die Türkei bis nach Asien ihrem großen Vorbild Schliemann hinterher. Vielleicht hatte sie sich aus Treue zu ihm in Mecklenburg niedergelassen. Und auch er hatte Umwege machen müssen, erst einmal einen

Brotberuf erlernen müssen. Sonst wäre aus Troja nichts geworden.

Und sie hatte es auch einsehen müssen. Ihr Vater war Kaufmann gewesen in Königsberg. So ein richtiger Preuße. Korrekt. Pflichtbewusst. Pünktlich. Ohne Sinn für Kunst. Und sie in den Schuldienst eingetreten mit der Kunstgeschichte. Von irgendetwas hatte sie ja leben müssen, unverheiratet, wie sie geblieben war. Dazu hatte wohl auch die Behinderung beigetragen, aber nicht so, dass es ihr im Gesicht geschrieben stand in strengen Falten um den Mund herum, eher umgekehrt, das behinderte Bein hatte den Raum nur noch weiter gemacht für die Tempel in Indien, China, Thailand und Burma. Kein Weg wäre ihr zu weit und zu mühevoll gewesen, um irgendwo, mitten in einem Urwald an einem Stupa anzukommen, kleine, unscheinbare Hügel, heiliggesprochene, dreifache Zufluchten, was immer das auch bedeutet haben mochte für einen Buddhisten. Etwas davon hatte man ahnen können auf den Fotos und Abbildungen, die sie aus der Tasche zog, um damit zu erklären, was doch nicht zu erklären war, Kunst und Religion, in einer Zeit, die allein auf Politik gesetzt hatte. Sie hingegen, hatte nicht aufgehört, um Reisegenehmigungen anzufragen bei den Behörden. Ihr ganzes Geld hätte sie ausgegeben, nur um einmal noch in Indien oder Tibet in Richtung der Sonne einen Stupa zu umgehen.

Wenn sie ins Erzählen kam, vergaß sie, dass sie vor einer Klasse stand, in der nur wenige ein offenes Ohr hatten für ihre Botschaft. Es macht ihr nichts aus, dass sie für altmodisch gehalten wurde. Und so war sie auch angezogen, als wäre die Zeit stehengeblieben für sie irgendwann, in den Zwanziger oder Dreißiger Jahren bei den alten Kostümen, die sich noch an die Hüften hielten und dennoch nicht unbequem wirkten mit ihren Schößen und langen Schlitzen in den Röcken, dazu eine Frisur, aus der sich bei jeder Bewegung Strähnen herauslösten, die sie dann wieder nach oben steckte mit unsichtbaren Nadeln, ohne ihren Vortrag auch nur einmal zu unterbrechen. Wie ein seltener Vogel, so stand sie vor der Klasse und hätte jeden mitgenommen auf einen Flug, den Himalaya hinauf, und dann weiter, durch unwegsames Gelände, forsch, geradeaus.

Dem Vater gefiel das Preußische. Der Mutter eher die Schnörkel an ihr, die schönen Kostüme aus den adligen Zeiten. Sie waren befreundet, saßen oft beisammen, unter sich, unter Ostpreußen. Und dann wurden die alten Lieder gesungen, nicht die neuen. Nur die Katzen störten die Mutter. Drei waren es, manchmal noch mehr, zugelaufene, die sich unter die anderen mischten, die lebendigen und die aus Stein, oben auf den Möbeln in ihrer Wohnung, neben dickbäuchigen, lächelnden Buddhas, Buddhas in allen Größen, dazwischen die Katzen, die hatten es gut bei ihr.

Sie kannte sich aus in der Gegend, wusste Bescheid, wo man etwas gefunden hatte von der wendischen Vorzeit, an welchen Kirchen sich der Wandel der Zeiten ablesen ließ, eine Epoche auf der anderen aufgeschichtet und wieder abgetragen und wieder neu zusammengesetzt worden war aus Scherben. Immer hatte es Kriege gegeben. Völker auf der Wanderschaft. Menschenopfer. Tieropfer. Und alles für die Götter und für die, die sich selbst zu Göttern gemacht hatten. Als hätte die Geschichte nur in ihren Katastrophen Bestand gehabt. Dem Feind den Kopf abgeschlagen. Sein Haus niedergebrannt. Und ein neues darauf errichtet. Das Recht immer auf der Seite der Stärkeren. Auf die Spitze getrieben an solchen Kulturstätten. Aufgeraute Erde, wohin man sah. Die Ostsee, das Meer des Friedens nur dem Namen nach, in Wahrheit der größte Kriegsschauplatz in der Geschichte, ein Schlachtfeld, Armaden untergegangener Schiffe.

Sie war eine Barlachverehrerin. Mit ihr hatten sie sein Atelier besucht, in Güstrow am See, sehr schön gelegen, sie vorneweg, gegen den Wind gebeugt, im Gehen wie eine Skulptur aus Barlachs Hand. Sie hatte ihn noch persönlich gekannt, sich oft genug herumschlagen müssen mit Barlachgegnern. Den schwebenden Engel hatten schon die Nazis aus dem Dom in Güstrow gebracht, in eine besondere Abteilung, tief unten im Keller. Aber auch denen, die nach dem Krieg das Sagen hatten, war er ein Dorn im Auge gewesen. Zu viele Bettler, zu viele Vagabunden, arme Leute ohne Schuhe an den Füßen, verquere, nächtliche Gestalten, hoffnungslose Kreaturen, zu wenig sozialistischer Realismus, zu wenig Zukunft für ihren Geschmack. Die erste große Barlachausstellung nach dem Krieg war kurzerhand geschlossen worden. Die Barlachverehrerin war umsonst nach Berlin gefahren. Darüber hatte sie sich angelegt mit der Partei, zum ersten Mal. Niemand, nicht einmal der Kulturminister höchstpersönlich, hätte sie von Barlach abbringen können. Denn sie hatte einen Blick für das Menschlichste am Menschen, für sprechende Steine, Füße, die Spuren hinterließen quer zu den Straßen, das Gehen auf Messers Schneide. Aber darüber sprach sie ja nicht.

Sie war nie in die Partei eingetreten, nicht einmal einem Tierschutzverein hätte sie ihre Stimme gegeben. Und bald würde man sie pensioniert haben. Weggehen würde sie nicht. Sie würde bleiben, ausharren bis zum Ende, unbeirrbar, stoisch, furchtlos, selbst wenn sich das Undenkbare wiederholen würde, die Chinesische Mauer. Noch einmal der Versuch, sich hinter einem Bollwerk, hinter aufgeschichteten Steinen, einer zweitausendvierhundert Kilometer langen Mauer zu verschanzen, eins der größten architektonischen Unternehmungen der Weltgeschichte in ihren Augen, so bewunderungswürdig wie ein Stupa oder eine gotische Kirche oder der schwebende Engel von Barlach, die Vision eines chinesischen Kaisers, nie ganz aufgegangen, nie ganz fertig geworden, eine unglückliche Verbindung, fast immer, die Kunst und die Politik.

8

Es sollte ein ganz besonderes Fest werden, Ostern bei den Großeltern, ein Wiedersehen nach langer Zeit. Der älteste Bruder des Opas, der Onkel der Mutter mit seiner Tochter, hatten sich angemeldet. Besuch aus dem Westen. Der Opa war wie immer an die Bahn gekommen. Das alte Abholritual. Die museale Kutsche. Noch hatte er die Pferde, noch hielt er an ihnen fest, trotzig gegen den Zug der Zeit, Aufbrüche zu anderen Sternen, mit schnelleren Fahrzeugen, in Überschallgeschwindigkeiten. Die Erde nur noch ein Punkt von oben gesehen. Sputniks auf dem Weg zum Mond. Nur ein Opa hatte davon nichts wissen wollen. Als gäbe es ihn noch, den heiligen Ort. Als wäre Ostpreußen nicht untergegangen wie eine Sonne. Auch er war damals hereingefallen. Auch er beteiligt gewesen an Ostpreußens Untergang. Ein tausendjähriges Reich, versprochen von einem Schreihals. Blut auch in seinen Schuhen, und am Ende krank und siech geworden darüber, ein vergifteter Fluss in den Gelenken, schwarze, bittere Galle, sehr schmerzhaft in Schüben, die kamen und gingen. Und kein Mittel, keine Medizin stark genug. Nichts hatte geholfen. Zuletzt hatte er die Erklärung doch unterschreiben müssen, in die verhasste Kolchose eintreten müssen. Mit einundsechzig wieder ein Knecht geworden. Das Sagen hatten nun andere, die Herren Agronomen, die Schlauberger von den Universitäten mit ihren Tabellen und Jahresplänen, die Köpfe vollgestopft mit Theorie. Und keine Ahnung. Und nie die Erde angefasst. Die wollten sich die Hände nicht schmutzig machen. Und der Onkel aus der Kammer noch verschlossener, noch stummer geworden. Ganz nach innen gekehrt. Die meiste Zeit oben in seiner Kammer. Nur zum Essen kam er noch herunter. Aber er aß nicht mehr viel. Das seltsame Lächeln auf seinem Gesicht. So wurde das gemacht, still und leise, wie ein Hund oder eine Katze, ohne ein Wort aus dem Leben geschlichen. Und der Opa nahm Morphium, wenn es ganz schlimm war. Das half.

Und dann kamen sie an, die seltenen Besucher. Der Bruder vom Opa, der lebte jetzt irgendwo im Ruhrgebiet. Hatte eine schöne Entschädigung bekommen für die dreihundert Hektar, die damals an ihn gegangen waren, den älteren, ungerechterweise an den, der sie gar nicht hatte haben wollen. Der Opa hätte sie gern gehabt. Aber nicht er, der andere hatte sie bekommen. Der hatte es richtig gemacht. Der war die zwanzig Kilometer weiter gefahren, die lumpigen zwanzig Kilometer, die der Opa verpasst hatte im Leben. So ein Gesetz wie den Lastenausgleich konnten sich auch nur die im Westen geleistet haben. Von dem Geld konnte man sich ein Haus gekauft haben mitten im Herzen des Kapitals. Seine Nichte hatte der Opa fast nicht mehr wiedererkannt, die fremde, elegante Frau auf dem Bahnsteig. Und den jungen Mann neben ihr hatte er auch noch nie gesehen.

Und Christine hatte sich fragen müssen nach den verwandtschaftlichen Verhältnissen zu einem Jungen, der war um einiges größer als sie. Der schaute sie an von oben herab, ein Blau in den Augen, so blau wie das Wasser der

Ostsee an manchen Tagen, ruhig an der Oberfäche, aber das Wasser war tief. Und die Mutter rief nach Hilfe aus der Küche. Gerade ihr lag der Besuch schwer im Magen mit den Bergen von Geschirr nach jeder Mahlzeit. Herrje, wie die Zeit verging, wenn sie mit ihrer Cousine ins Plaudern kam beim Abwaschen über Gott und die Welt und die alten Zeiten und die Jugendsünden, weißt du noch, damals, mit den Gesängen der Oma im Hintergrund, so richtig schön schwülstig. Und Christine musste abtrocknen. Und dann wurde die Buttercreme gemacht für die Torte, dem Kuchen die Krone aufgesetzt, Punkt neben Punkt, nur Punkte. Und alle konnten es sehen: Die Mutter war auch im Verzieren einer Torte konsequent preußisch. Und die Schwester war schon mit dem Kopf in der Schüssel. Das mochte die Oma an ihr, dass sie mit Hingabe essen konnte, als gäbe es nur den einen Gedanken: Der Mensch ist, was er isst. Aus Achtung vor dem Leben. Und nach jedem Schlachten das Blut gerührt mit den Händen für die schwarzsauren Suppen. Und sich nach einem Entenbraten auch noch über die Knochen hergemacht, sie ausgesogen bis zum letzten Rest, das Beste, die Oma und die Schwester, beide mit hochgekrempelten Ärmeln vor den Knochenbergen in der Küche, ein Bild für die Götter, für einen Jungen aus dem Westen nur abschreckend.

Ostern war gekommen, ein trüber, verregneter Ostersonntag. Und die Stube der Großeltern vollgestopft mit Verwandtschaft. Und Geschirrberge ohne Ende. Da musste man sich irgendwann nach draußen, vor die Tür verdrückt haben. Zusammen waren sie gegangen über die Felder, Christine und der Junge, beide sehr schweigsam, jeder in sich selbst verschlossen, unerreichbar für den anderen. Seine Augen hinter dicken Brillengläsern verborgen und ihre Augen schmal zusammengezogen,

Schultern, die sich hüteten vor jeder Berührung, und bei zu großer Nähe vielleicht sogar eine Gefahr füreinander. Und weiter geschwiegen. Und weiter gegangen. Und vielleicht nur um das Schweigen einmal kurz zu unterbrechen, hatte er sie gefragt, mitten auf dem Weg, ob es überall so aussehen würde, so trübe, so primitiv, hatte er gesagt.

Er hätte es nicht sagen sollen. Er hatte nicht das Recht dazu, nicht er, gewöhnt an Wohnungen mit Komfort, Warmwasser aus allen Hähnen. Bei den Großeltern gab es nur eine Waschschüssel zum Waschen. Sein Blick auf den Schweineeimer. Bände hatte der gesprochen. Was, ihr heizt hier noch mit Holz? Und sie hätte es verteidigen müssen. Warum denn nicht mit Holz, obgleich es zwecklos gewesen wäre, ihn zu überzeugen, dass auch ein Kachelofen eine Schönheit haben konnte, es sehr warm machen konnte in einem Zimmer. Und das Holzhacken. Sie hatte es immer gern gemacht. Und er hätte es nicht verstanden. Für ihn war ihre Welt nur ein Mangel, und sie darin eine kleine Wilde, die vielleicht ganz gut über Pfützen zu springen verstand, während er am liebsten sofort umgekehrt wäre in seinen viel zu guten Schuhen. Sie hatte ihm gesagt, der Weg würde bald besser werden. Tatsächlich war er immer schlechter geworden. Und gegen eine Wand angeredet, als hätten die Worte eine andere Bedeutung angenommen, je nachdem, wo man sie aussprach, ob im Osten oder im Westen, als hätte sich durch jedes Wort schon der Streifen gezogen vor der Grenze, das geharkte, bewachte Niemandsland, in dem man sich nicht treffen konnte einfach nur so zum Plaudern. Zum Beispiel, dass einer den Himmel nicht sah in einer Wasserpfütze, und auch das Licht nicht, den weichen Streifen zwischen den schweren Wolken am Horizont. Er konnte ja nichts dafür, dass er aus dem Herzen des Ungeheures kam, direkt aus seiner Mitte.

Eine Stadt neben der anderen, hatte er gesagt, nur Städte, wo er wohne. Und sie hatte ihm ein Unkraut gezeigt, das bald Blüten treiben würde. Wahrscheinlich kannte er keine Wege ohne Asphalt, ging nur in Parks spazieren, wenn überhaupt. Sie hatte ja auch nie mitgewollt zu den Verwandten, die ihr immer so schöne Grüße ausrichten ließen, jedesmal darauf verzichtet, die Mutter zu begleiten, der Schwester den Vortritt gelassen, gesagt, ihr würde nichts daran liegen, sie würde beim Vater bleiben, einer müsse ja beim Vater bleiben, gesagt, sie finde es richtig, dass man in ihrem Land die Klassen abgeschafft habe, dass es keine Schlösser für Reiche und keine Hütten für Arme mehr gäbe, dass die Unterschiede immer geringer werden würden, und dass sie eines Tages ganz verschwinden würden. Und dann die Beschämung, ihre große Beschämung, der Hochmut von Klassen. Sie hatte ihn nach seinem Vater gefragt. Ob sie es denn nicht wisse, hatte er gesagt. Er habe keinen Vater. Es sei irgendein hergelaufener Russe gewesen, eine unfreiwillige Schwangerschaft. Sein Großvater habe ihn adoptiert mit elf Jahren, es gesagt, und dabei auf seine völlig verdreckten Schuhe geschaut. Und sie hatte gewusst, dass er in dem Augenblick am liebsten auf der Stelle nach Hause gefahren wäre.

Zwischen ihnen lagen nur drei Jahre Altersunterschied. Dennoch musste sie ihm vorgekommen sein, wie aus einer anderen Zeit. Und vielleicht wäre auch er ganz gern noch da geblieben, hinter dem Ofen, in der Kindheit, oder einfach nur so weitergewachsen wie ein Unkraut im Garten. Aber dann waren sie gekommen mit ihren Enthüllungen, hatten ihn eingeschlossen in ein dunkles Schicksal. Eine Vergewaltigung. Und ihn dann verraten. Seine eigene Mutter. Sie hatte ihn doch hineingesteckt in das Internat, irgendwo hinter sieben Bergen, das verhasste Institut, die Drillanstalt für aufmüpfige Söhne. Machen

Sie mir aus dem Jungen einen richtigen Mann. Und ihn dann mitgenommen auf die Reise für die nächste Lektion in dem Lehrstück. Schau es dir genau an, mein Lieber. Da kommst du her. Und gleich danach die Drohung: Entweder du bleibst, was du warst, oder du wirst so, wie ich dich haben will.

Die heilige Familie. Da sah man es wieder einmal. Nach außen hin ganz harmonisch mit ihren Regeln auf immer und ewig und bis über den Tod hinaus, die Lebensgemeinschaft noch in einem Grab, selbst wenn man sich die meiste Zeit nur herumgestritten hätte. Und es war doch nur Verstrickung. Eine komische Einrichtung, dass man es nur zu einer gesagt haben haben sollte, das hohe Wort: Mutter. Dabei hätte man viele Mütter haben können und viele Väter und Schwestern und Brüder. Und alle zu lieben, ohne Unterschied, selbst wenn es sinnlos wäre, die Liebe ohne Ort, ohne Raum in der Welt, und mit einer Zukunft schon gar nicht. Nicht einmal eine Sprache. Missverständnisse in allem, was man sich gesagt hätte. Kein Wort, das traf. Nur ein Bild im Kopf ohne Titel, ohne Namen. Ein Unkraut auf dem Feld, das bald Blüten treiben würde und ein gesenkter Blick auf eine Pfütze, in der ein Stück Himmel für einen Moment lang sichtbar geworden war.

Und in der guten Stube hatte es Streit gegeben. Sie hatten dem Vater wieder einmal seine Parteimitgliedschaft unter die Nase gehalten, die aus dem Westen und die Mutter, die ganze Sippschaft unter einer Decke. Als hätte er da einfach so austreten können. Das Buch nicht etwa gebraucht. Jeder hätte es gebraucht. Und überall wäre es so gewesen. Die Partei hatte er sich nicht aussuchen können, abgesehen davon, dass er noch immer der Überzeugung war, mit dem Buch einmal ganz richtig gelegen zu haben. Und mit viel Pathos eine Rede gehalten, der Vater, wie so oft, auf das große Wort, die Revolution, ja, schon Heine hatte von ihr geträumt. Und sich vor die Sache gestellt. Das Experiment verteidigt. Denn es habe ja erst angefangen. Und trotz Fehlern sei doch immer noch etwas Wahres dran. Die guten Ansätze, das zu sehen, darauf komme es an, nicht nur das Schlechte, nicht nur den Mangel, die Missstände im Land. Ach, der Vater mit seinem Glauben, seinen Idealen. Zielen, immer viel zu hoch hinaus. Das Streben, das Sichausrecken nach dem Besseren. Sein unerschütterlicher Glaube an den Fortschritt, sein Ankämpfen gegen die alten Gerüste des Unrechts, den alten Adam im Menschen, das Tier, das sein Haus unterhöhlt haben würde, zuletzt wieder zu Staub gemacht haben würde. Sein beharrliches Festhalten an den Lehren aus der Geschichte. Allein sie hätte zu entscheiden, was aus dem Experiment geworden sein würde. Und jeder Einzelne mitverantwortlich. Keiner dürfe sich da heraushalten. Einmal würde jeder vor dem strengen Richter der Geschichte stehen müssen, vor der Frage: Was hast du aus deiner Verantwortung gemacht? Solidarisches Handeln, darauf komme es an, die Revolution im alltäglichen Leben, nicht nur auf dem Papier, auch wenn es nur eine Besserung im Unvollkommenen werden würde, auch wenn der Idealzustand nie erreicht werden würde. Sich verantwortlich fühlen, auch für die Schlappen und nicht gleich aufgeben und sich hinstellen und sagen: Macht euren Kram alleine. Ideale. Schön und gut. Aber eigentlich wäre mir das Geklimper eines Wirtschaftswunders in der Tasche lieber und ein schnelles Auto vor der Tür, auch wenn es mir einmal das Genick brechen wird. Als würde man eine Idee, nur weil sie auf Anhieb nicht funktioniert habe, einfach auf den Abfallhaufen der Geschichte werfen können, Goethe auf den Mist.

Mit Goethe hatte er wieder einmal übertrieben. Ein paar Gedichte hatte er gelesen, Zeilen wie: Über allen Gipfeln ist Ruh. Und Theodor Fontane. Die Wanderungen durch die Mark Brandenburg. Und das Kommunistische Manifest selbstverständlich. Das mussten alle gelesen haben. Das Kapital stand im Schrank. Aber Engels, den hatte er gelesen, die Studienausgabe, die Schrift, dick angestrichen: Der Ursprung der Familie, des Privateigentums und des Staats. Bei Engels war die Geschichte einfacher. Und noch einfacher hatte sie sich bei Lenin gelesen. Verführerisch leicht gebaut das Dach des Hauses. Denn auch die Geschichte habe ein Recht auf Schnörkel und Verzierungen, hätte er gesagt. Er liebte die Dame. Und mit der Dame waren die Zweifel gekommen, die Frage, ob der Mensch tatsächlich aus seiner Vergangenheit lerne. Sie blieb ohne Antwort. Die Auseinandersetzung mit der Geschichte kein Heilsversprechen, kein herrlicher Sonnenaufgang. Dennoch hatte er die Herausforderung angenommen. Er war kein Abhauer, kein Feigling, keiner von denen, die schon bei den ersten Misserfolgen aufgegeben hätten. 1953, der Aufstand in Berlin. 1956, der Aufstand in Ungarn. Das musste man erst einmal verkraftet haben. Und mit Ulbricht immer noch ein Stalinist an der Macht. Der Boden hatte nie aufgehört zu zittern. Vielleicht war es die Neugierde gewesen, der Drang, es wissen zu wollen. Oder die Angst, sich wieder einen Irrtum eingestehen zu müssen. Und es habe ja erst angefangen, das Experiment, hätte er noch einmal gesagt für die, die das Experiment längst abgeschrieben hatten. Und mit einem Blick auf die Mutter, gesagt, er müsse ja sogar Sorge haben, da drüben nicht mehr arbeiten zu können in seinem Beruf. Und was dann?

Der Vater arbeitslos, eine Unvorstellbarkeit für die Mutter. Sie hatte ja immer das Portemonnaie, aber dass auch Geld hineinkam, jeden Monat, dafür hatte der Vater zu sorgen nach ewigen Gesetzen: Der Mann verdiente das Geld, und die Frau teilte es ein, legte es beiseite, manchmal derart beiseite, dass sie es hernach nicht mehr wiederfand. Und dann musste die ganze Wohnung auf den Kopf gestellt werden auf der Suche nach einem Portemonnaie, irgendwo versteckt zwischen der Wäsche im Schrank. Der Vater hatte zwar jedesmal geschimpft, aber im Grunde war er doch froh gewesen, dass sie das Geld verwaltete. Denn hätte er es gehabt, hätte man am Anfang jeden Monats in Saus und Braus gelebt, und schöne Feste gegeben, und alle eingeladen, und den Rest der Zeit nichts mehr gehabt. Der Vater war ein Verschwender in Gelddingen.

Er hatte seine Rede unterbrochen, sich entschuldigt, er müsse ein paar Minuten hinaus, an die frische Luft. Es war sehr still geworden in der guten Stube. Niemand hatte etwas gesagt. Nur die Oma hatte geschimpft über das ständige Politisieren. Als hätte der Boden in ihrer Stube nicht schon immer gewankt. Die Risse würden weiter wachsen. Dagegen halfen keine Gebete. Zum Beispiel, was geschehen war mit der SPD in Bad Godesberg. Der Vater würde es zur Sprache bringen gleich nach seiner Rückkehr. Keine Rede mehr von Ausbeutung und Kapital. Nicht mehr in der Partei. Ein ganz neues Programm. Bunte Bonbons für die Banken, für den Mittelstand und die Beamten und zuletzt auch noch für den Papst. Wenn das kein Amen in der Kirche war.

Der Ulbricht sei nun einmal ein Dickkopf. Der Apfel falle nie weit vom Stamm. Der wolle imponieren, auch ein Wörtchen mitzureden haben. Und letztenendes sei doch die andere Seite Schuld am harten Kurs. Wer sei denn eingetreten als erster in die NATO?, dass man als Antwort den Gegenpakt gegründet haben würde, hätte man sich doch ausrechnen können an den zehn Fingern. Und überhaupt: Wer habe denn angefangen mit der Hetze und dem Sogenannt vor der DDR? Als würde man einfach über die Köpfe von siebzehn Millionen hinwegreden können, als wären die Herren in Bonn nicht auch abhängig von ihren amerikanischen Verbündeten. Mit dem Godesberger Programm habe sich die Front nur noch mehr verhärtet. Von Wiedervereinigung keine Rede. Weder die Amerikaner noch die Russen seien an einer Wiedervereinigung interessiert. Und Ulbricht und Adenauer schlichtweg zu den Gipfeltreffen nicht geladen. Nebenfiguren in der Partie. Und kein Sozialismus für umsonst zu haben. Zuletzt sei doch alles eine Frage der Ökonomie. Mit guten Voraussetzungen, gutem Handwerkszeug würde man auch gute Ergebnisse erzielen. Alles andere sei Augenwischerei. Hier habe man unter schlechteren Voraussetzungen angefangen, keine wirtschaftlichen Hilfsprogramme gehabt. Alles habe man sich mit eigenen Händen erarbeiten müssen. Darauf könne man eigentlich stolz sein.

Und dann waren sie am Zug gewesen. Ein Blick hätte ihnen gereicht, um festzustellen, der Kühlschrank fehle, die Waschmaschine und ein Auto vor der Tür. Und eine Urlaubsreise in den Süden. Ihr wisst ja gar nicht, was ihr versäumt. Ein ärmlicher Sozialismus, auf den ihr euch berufen müsst. Kein Wunder, dass euch die Leute davonlaufen. Und dann ihre Warnungen direkt an den Vater. Die Strafversetzung, ob er die denn schon vergessen habe. Und die viele Westverwandtschaft. Und die Oma schwarz im Westen.

Christine hatte genug gehört. Sie wollte nicht erinnert werden an Lehrer auf morschen Ästen. Sie war auf den

Hof gegangen. Dort stand sie mit den Augen am Himmel, der Große Wagen, schon damals, beim ersten Mal, so schön, so erhaben, das kleine Mädchen und der alte Mann, die Stimme, sie hörte sie noch immer sagen: Auch du hast einen Stern. Sie hätte schwören können. Dieser Himmel war es. Kein anderer. Die Verwandten. Nichts hatten sie verstanden von ihnen. Ein anderes Leben. Aber es war auch ein Leben. Und bald würden sie gehen und eine große Leere hinterlassen. Und sie würde wieder einmal ein Herz verbrennen müssen. Und Briefe schreiben müssen, um sie dann doch wieder zu zerreißen. Denn was hätte sie auch schon schreiben können über die Grenze hinweg und ein Gefühl, das hatte nicht einmal einen Namen.

Die erste Liebe der Mutter. Ein Schloss. Ein Tannenwäldchen. Und der Verrat an einem Herzen. Nur eine Träne war davon übriggeblieben, ein Zeichen auf der Haut, von den Jahren ausgeblasst, kaum mehr zu sehen. Und der Vater hatte sogar sterben wollen nach dem ersten Mal, so schlimm war es gewesen. Sie kannte auch die Geschichte nur bruchstückhaft. Sie mussten sich gleich nach dem Krieg kennengelernt haben, er und die Frau, eine andere Frau als die Mutter. Wie ein Rausch musste es gewesen sein, beide mitgerissen, beide angesteckt von der Aufbruchsstimmung in die neue Zeit. Das neue Leben. Es hatte nicht lange gedauert. Die Frau war verheiratet gewesen. Und eines Tages musste der Mann vor ihrer Tür gestanden haben, zurückgekehrt. Und der Vater war wieder allein gewesen. Und dann musste er es getan haben nach einigen Schnäpsen, von einer Brücke gesprungen sein, im Winter. Es musste ihn jemand gesehen haben, ihn wieder herausgefischt haben aus dem winterlich kalten Flüsschen, eine herzzerreißende Geschichte wie abgeschrieben aus einem Roman, den man einmal gelesen hatte, die Liebe, das Brot der Armen, ein Schinken, furchtbar traurig am Ende. Die vielen Lieder, die vielen Wasserleichen, ein letzter schwerer Gang in den Keller oder auf das Dach hinauf. Sergej Jessenin. Und das arme Gretchen. Und der arme, arme Franz. Da hingen Stricke an Fensterkreuzen in Berlin und in Paris und in Leningrad. Und kein Kommunismus hätte Frauen davon abgehalten, mit schrillen Stimmen nach dem Morphium zu rufen oder dem Veronal. Ob mit oder ohne Abschiedsbrief, egal wie, es musste gestorben werden. Und ihr gefiel es ja auch, den Kelch genommen zu haben, das Zeug getrunken zu haben, das manchmal so süß schmeckte, so süß bis zum Erbrechen mit einem Buch hinter dem Ofen, möglichst dick, möglichst schwer, Krieg und Frieden, solange, bis man nicht mehr gewusst hätte, wer in wen verliebt gewesen war, der junge Graf Nikolai Rostow in die schöne Natascha. Nein, nicht in sie. Sie war ja seine Schwester. Es musste eine andere gewesen sein.

9

In der Schule kamen die Klassiker dran, das Altbewährte. Die Glocke musste aufgesagt werden, auswendig, mit einem Knicks vor der Klasse. Und Gedichte von Johannes R. Becher. Die waren Pflichtlektüre. Nur weil er Minister geworden war. Die Leiden des jungen Werther hätte man durchnehmen können. Die Frage, warum ein Mensch sich das Leben genommen hatte, schon so früh. Sie unterblieb. Dafür gab es Anna Seghers und Arnold Zweig und Erich Weinert, die Riege der Emigranten. Die neue Literatur ließ sich eben doch nicht so schnell erfinden wie ein Aufsatzthema: Der Baum. Ein Stimmungsbild. Nur außerhalb der Schule hätte man es noch gefunden. Da flossen die Flüsse nur so dahin unter Bäumen, der stille Don, drei dicke Bände, auch wenn man hinterher nicht mehr wusste, was einen da so sehr verschlungen hatte. Dostojewski, viel zu früh, die russische Seele mit ihren Tiefen. Christines große Liebe zu schweren Stoffen. Liebe und Liebesverrat. Ihre vielen Spaziergänge durch Leningrad, durch 1700 öffentliche Bibliotheken, die waren erst nach der Revolution da gewesen. So viele Bücher. Kein Menschenleben lang genug, sie alle zu lesen. Gänge durch die Eremitage, mit einem Buch in der Hand, den Reproduktionen so vieler berühmter Gemälde, die musste man einmal gesehen haben. Den verlorenen Sohn vom Rembrandt. Eine faszinierende Komposition aus Licht und Schatten, sagte das Buch in den Händen, angebetet wie eine Ikone sogar von den Männern des Roten Oktobers. Die Geschichte von Vätern und Söhnen und die Geschichte der Revolution in einem Bild zusammengekommen. Nicht zu vergessen, die Geschichte der Stadt, das schöne St. Petersburg mit Lineal und Zirkel in eine Flusslandschaft hineingestellt, nur weil ein Zar sich das in den Kopf gesetzt hatte, so und nicht anders, künstlich bis in die Fundamente hinein, und nicht ohne den Preis, dass die Mauern jedes Jahr noch ein Stück mehr in den Sumpf hineinsacken würden. Die Revolution, ausgerechnet an der Stelle, wo eine Stadt langsam im Wasser versank. Und nachts hätte ganz Leningrad in Milch gebadet.

Die Entscheidung war gefallen. Die Eltern hatten es ihr gesagt in einem ernsten Gespräch in der Stube, irgendwann, demnächst, der Zeitpunkt stand noch nicht fest, ein harmloser Familienausflug in den Spreewald sollte es werden mit einem Abstecher nach Berlin West. Fein ausgedacht, das Fluchtplänchen. Irgendetwas musste den Vater umgestimmt haben ganz plötzlich. Vielleicht doch die

Mutter. Vielleicht etwas anderes. Vielleicht stand er ja tatsächlich schon auf der Abschussliste, andererseits: Der Anzug war ein paar Nummern zu groß. Er war doch kein hohes Tier. Warum sollte ausgerechnet er, Bautzen und so weiter, in Ungnade gefallen sein bei der Partei. Er hatte nichts gesagt über seine Gründe. Und sie hatte ihn auch nicht gefragt, die Lippen zusammenkniffen, geschwiegen, keine Wut, keine Empörung, keine Regung gezeigt vor den Eltern. Es war beschlossen. Sie hatte geahnt, dass es so kommen würde. Eine Reise über ihren Kopf hinweg. Endgültig. Da gab es kein Reden, kein Verstehen mehr. Da war sie schnell hinausgegangen, weg von denen, die doch nur gesagt hätten, dass sie nur ihr Bestes wollten, wirklich nur ihr Bestes. Sie hatte es ihnen versprechen müssen: Absolutes Stillschweigen. Nicht einmal der Schwester sollte etwas gesagt werden. Die hätte es bestimmt als frohe Botschaft aufgenommen. Endlich in den anderen Film hinein, in jedes neue Abenteuer, jeden Brunnen, wenn jemand gesagt hätte: Spring, an keine Erde, keinen Himmel gebunden. Und irgendwann später hätte sie den passenden Deckel gefunden und eine Familie gehabt und viele Kinder und ein Haus mit einem großen Bauch. Das schwerelose Leben der Schwester. Immer nach allen Seiten hin offen. Die schönen Illusionen. Die bunten Pillen. Die kleinen, netten Kellergeister. Die Penatchen. Die Lügen in die eigene Tasche. Und wenn sie nicht gestorben wäre. Es hätte ein Märchen werden können. Die alten Bilder. Immer mit der Schwester an der Hand, als wären sie irgendwo an den Lebenslinien zusammengewachsen. Die vielen Lieder. Jeden Morgen, jeden Abend, jedes Fest, jedes Nichteinschlafenkönnen besungen. Die vielen klappernden Mühlen. Die vielen rauschenden Bäche. Die Brunnen. Die Lindenbäume. Die Vögel in der Luft. Und die Tiere der Erde. Und die munteren Fische im Fluss. Und das hoffnungsvolle Grün der Wiesen. Und die Sommer. Und die Winter. Die ganze Zeit. Die Schwester auch beim Singen noch an die Hand genommen, eine Oktave tiefer gegangen, sie bis in die Stimme hinein getragen.

Gegangen, lange, schon mit Abschiedsgedanken im Kopf. Abschied bei jedem Schritt. Als hätte sie mit einem Mal die Erde unter den Füßen verloren, dieselbe Erde, auf der sie sich früher so oft gewälzt hatte bis zum Schreien, die sie getragen hatte so viele Jahre, auf der sie das Gehen gelernt hatte, zum ersten Mal Füße auf sie gesetzt. Und plötzlich, im Sichumgedrehthaben, hätte sie sich schon sagen müssen: Das war einmal meine Kindheit, mein Leben. Als wäre sie auf einmal herausgeschossen worden aus der Bindung. Als hätte ihr die Erde gesagt: Geh. Als hätte sie das Gehen noch einmal erlernen müssen, sich loslösen müssen, wie damals, beim Schwimmen. Auch da musste einer gekommen sein und einen hineingeschubst haben, sonst hätte sie sich weiter festgeklammert, hätte es nie kennengelernt, das schöne Gefühl, rücklings im Wasser zu liegen. Es gab keinen Ausweg. Keine Flucht vor der Flucht. Das Rad, einmal ins Rollen gekommen, war nicht mehr aufzuhalten.

Die Sommerferien waren gekommen, zum letzten Mal im Schoß einer Pioniergruppe, zum letzten Mal an der Ostsee gewesen, die aufgehende Sonne im Osten gesehen, die Linie am Horizont, wo Himmel und Meer zusammenkamen in einem Leuchten, einem ganz besonderen Licht. Zwei Wochen nicht nur zum Vergnügen. Tagsüber hatten sie arbeiten müssen auf den Feldern. Aus Getreidegarben Häuser gebaut. Und an keine Zukunft mehr gedacht. Und auch die Tage nicht gezählt. Der Sonnenuntergang am letzten Tag, die rote Sonne über dem Land im Westen.

Und als Christine zurückgekommen war, lag er schon unter der Erde der Onkel, an einem Tag im August gestorben, still und leise für sich in seiner Kammer, todessüchtig oder lebensmüde wie die alte Dame mit der Klinge in der Hand oder ein anderer mit einer Pistole oder siech, wie der Opa geworden, oder vom Blitz getroffen, einfach irgendwo liegengeblieben. Das, was sie einmal gehalten hatte im Leben, hatte losgelassen. Und so war es immer gewesen. Nur ein Traum, in Watte gepackt, das neue Leben. Und dann das Fallen aus allen Wolken heraus. Die spitzen Steine, die Muschelscherben, die sich in die Haut bohrten unter den Füßen, die Brennesseln, die Diesteln auf einer Wiese. Immer zu dünn gewesen, die Haut, für jeden Schmerz, jeden Schrecken empfänglich, jeden Atemzug hinter einer Tür. Sie hatte genug. Sie wollte es nicht mehr hören, das Märchen von einem besseren Leben, die leeren Versprechungen, die Reden.

Habusch war anders. Sie wusste es auf den ersten Blick, einer der Russisch sprach wie ein Gott, nicht nur aushilfsweise wie der Vater, der Russisch gelernt hatte in Kneipen, zwar auch nicht so schlecht, aber Habusch war besser. Und Christine liebte die Sprache, Redewendungen wie: Ach du, mein Täubchen. Das musste ihr schon einmal jemand gesagt haben. Bei Habusch war es der Schnee von Zarskoje gewesen, Puschkin, zum ersten Mal und ein Gefühl wie: Endlich hatte sie wieder jemanden zum Anbeten. Sie brauchte das. Die Bühne war Rettung. Der Vorhang weit aufgezogen, der Raum dahinter hell ausgeleuchtet, überdeutlich in seinen Inszenierungen. Und am Ende, im Dunkeln noch, der letzte Akt, das Finale an einem Straßenrand und eine Reise, von der man nicht mehr zurückkehren würde.

Er war nicht aufgetreten als der Retter, der strahlende Held, eher unauffällig von der Seite auf die Bühne gesprungen. Halt stopp. So nicht. Es muss anders gespielt werden. Und man hätte ihn vielleicht sogar schnell wieder vergessen, wäre da nicht plötzlich ein ganz anderer vor einem gestanden, der Mann wie verwandelt, wie aus dem Spiegel gehüpft oder durch den Spiegel hindurch in einen anderen Spiegel hinein. Die Häutung, die andere Tonlage, das andere Gesicht, der wahre Hans Habusch. Er hätte abgewunken. Wahr oder falsch. Eigentlich oder nicht eigentlich. Sein oder Nichtsein, gesagt: Jeder Mensch ist ein Darsteller, ein Spieler. Seht euch die Leute an, wie sie reden, wie sie lügen, wie sie sich verstellen. Jeder auf seiner Bühne. Der eine spielt den Arbeiter. Der andere den Bauern. Und noch ein anderer den Überschlauen. Die einen mit Macht. Die anderen mit Liebe. Und die meisten mit Dummheit. Sie glauben, sich selbst zu spielen. Wie traurig.

Er war ein Meister im Nachmachen. Er konnte jeden Lehrer, jeden Politiker, jeden Dialekt nachmachen. Wie oft hatten sie bei ihm gesessen und sich den Bauch gehalten vor Lachen. Seine chaotische Wohnung. Der große Tisch, an dem sich alles abgespielt hatte. Die alte, schiefe Couch in der Ecke, kurz vor dem Zusammenbrechen. Die vertrockneten Rosen aus einem anderen Sommer, die weißen, kahlen Wände, anders als sie in den wohlaufgeräumten, guten Stuben zuhaus, mit den gemusterten Tapeten, den Heimatszenen über den Sofas, den Landschaften mit viel zu viel Grün darin, das Grün, das eher Hoffnung machen sollte als Mut. Alle aufgewachsen mit diesem Übermaß an Grün, grünen Wiesen, grünen Bäumen, grünen Träumen, ohne den Kontrast, die weiße Fläche, zu der man hätte wieder zurückkehren müssen in jedem Spiel. Schneewittchen und die sieben Zwerge, aufgeführt vom Berliner Ensemble. Christine hatte den Film gesehen. Die schöne Angelica Domröse in der Rolle des

Schneewittchens. Habusch hatte ihn auch gesehen, den Brecht in einem Märchen. Die sieben Zwerge, ein lustiges Männerballett, keine unheimlichen, kleinen Wichte für die lieben Kinder, so richtig zum Fürchten. Der Vater mit seinen Aufführungen, früher, jedes Jahr zu Weihnachten. Rotkäppchen und das Gefressenwerden. Die Straße des Lebens eine Mördergrube. Da half nur Disziplin und Gehorsam, eingetrichtert nach allen Regeln der Kunst: Geh nicht vom Wege ab. Lerne, und sieh zu, dass du einen soliden Beruf ergreifst. Der Vater, er kannte nur den Ernst des Lebens, die Angst vor dem Gefressenwerden. Habusch kannte die Angst auch. Er nahm sie nur nicht so ernst.

Der Vater sagte: Eine verkrachte Existenz. Und die Mutter sagte auch etwas. Und eine andere sagte: Ein Herzensbrecher. Pass auf, Christine. Was sie nicht alles sagten über ihn. Und der Schulleiter musste ihn mehr als nur einmal zur Seite zitiert haben für ein ernstes Gespräch unter vier Augen, unter Kollegen. Und in der Partei musste er auch gewesen sein. Habusch und die Partei:

Sie musste ihm im Genick gesessen haben mit ihren Abzeichen, ihren sportlichen Losungen, ihren Drohungen wie eine Mutter, eine jammernde, wehklagende Mutter mit Armen, lang wie Schlangen. Diese Mutter hätte ihre Kinder lieber gefressen, als sie eines Tages loszulassen, alle ihre Kinder verschlungen aus Angst und Misstrauen. Man sollte sie lieben, niemals verlassen. Man sollte einstimmen in den Chor: Unsere schöne Heimat. Unsere schöne DDR. Eine Wahl hatte man nicht. Kritik war unerwünscht. Dann wurde erst einmal geweint. Und gleich danach gedroht. Die gute Mutter war gekommen mit Berufsverboten, obgleich sie einem kurz vorher noch ins Ohr geflüstert hatte: Hier kannst du alles werden. Ich mache dich groß. Aber das Großgemachtwerden hätte nur funktioniert, wenn man in ihrer Nähe geblieben wäre. Hätte man sich zu sehr von ihr entfernt, sie hätte einen im Stich gelassen, kalt, mit dem ganzen Sendungsbewusstsein im Ohr. Entweder. Oder. Etwas anderes gab es nicht. Habusch kannte die Spielregeln. Er hatte sich für das Mitspielen entschieden. Die Insel der Seligen war für ihn überall oder nirgendwo. Er hatte gesprochen von einer anderen Freiheit. Die könne man überall haben. Und für seine Mutter hätte er alles gemacht. Nicht zuletzt ihr zuliebe war er ein Lehrer geworden. Er hatte keinen Vater mehr. Der Vater war gefallen irgendwo, an der Ostfront geblieben. Nicht einmal eine Todesanzeige hatten sie bekommen. Jahrelang, jeden Tag mit einem Gedeck mehr am Tisch gesessen. Seine Mutter hatte nicht aufhören können zu warten. Sie hatte als Schneiderin gearbeitet in Berlin Lichtenau, zuhaus, bei ratternder Nähmaschine tag und nacht. Alles hatte sie allein machen müssen. Und er hatte mit den Puppen gespielt. Angst nur um die Puppen gehabt, wenn sie im Keller gewesen waren bei Fliegeralarm. Und dann waren sie ausgebombt worden in einer Nacht. Das Puppenhaus war abgebrannt mit den Puppen. Irgendwohin, aufs Land gekommen danach. Erst 1946 zurück nach Berlin. Er hätte es nicht ausgehalten, lebenslang in einem Dorf. Berlin, das war ein anderes Pflaster. In Berlin war das Leben ein Tanz. Es musste ein großer Traum gewesen sein, damals für ihn. Die Schauspielschule. Das Theater am Schiffbauer Damm. Und plötzlich dann abgebrochen. Ein anderes Studium, oder doch nicht ganz abgebrochen. Für ihn hing ja alles zusammen. Ein Prozess, das Ende immer noch nicht absehbar. Christine hatte ihn einmal nach seiner Mutter gefragt, was aus ihr geworden sei. Er hatte darauf nur gesagt, sie sei vor einigen Jahren in den Westen gegangen. Er habe nur wenig Kontakt. Das war alles.

Er hatte einen ja immer vor Rätsel gestellt, die sollten Rätsel bleiben, ein bisschen geheimnisumrankt, die Dämonen aus einem Buch mitten ins Leben gesprungen. Und ein Gesicht, das war nicht das eines Heiligen. Und diese Liebe beinahe eine Krankheit. Sie durfte sich ja nur im Kopf abgespielt haben, in eingebildeten Räumen, im Verrückten, im Wahn. Denn die Rose im Winter war doch verrückt, verrückt, an die Nächte zu glauben, verrückt, an einen Brief zu glauben, den man einmal bekommen würde, ein Gedicht, ein Geständnis, genau den Nerv getroffen, an der Stelle im Nacken mit ein paar Worten, ohne die Frage, die unerlaubte Frage hernach: Warum tatest du das, die Frage eines unglücklichen Dichters: O sprich, mein herzallerliebstes Lieb. Warum verließest du mich? Christine hätte ihm nicht einmal sagen können: Ich werde Sie vermissen. Das Versprechen in der Stube: Zu keinem ein Sterbenswörtchen! Und er hätte es sich verbieten müssen in jedem Fall, die Schwärmerei einer Schülerin, unmöglich. An den Kragen wären sie ihm dafür gegangen.

Es war die Zeit, die trennte. Der Raum verband, das Theater, die Bühne, auch wenn es nur eine unbedeutende Laienspielbühne war, ein Experiment in russischer Sprache, ein Bild ohne Titel, das noch keiner so gemalt hatte, eine surreale Komposition. Die verlorene Tochter und ihr Monolog vorn, an der Rampe. Da fühlte man sich, wie auf den Mond geschossen, wie auf einen anderen Stern versetzt, fremd und gleichzeitig angekommen, das neue Leben in noch nicht eingeschweißten Bildern. Und eine Kugel, die rollte den Berg hinauf, mit Habusch auf der Treppe, ganz oben, hatten sie gestanden, zwei Vögel nebeneinander, ein Paar, das eine Zeit lang zusammengeflogen war, ach, so schön. Und noch einmal der Versuch, den Lauf der Dinge aufzuhalten, auf die andere Seite der

Straße zu kommen, in Rostock bei dem Theatertreffen vor ausgesuchten russischen Gästen. Und dann Berlin. Und dann Leningrad mit einer tiefen Verbeugung.

Es hätte so weitergehen können, wäre der Tag nicht gekommen. Da hieß es eines Morgens, Habusch sei tot. Er habe einen Unfall gehabt. Er sei gestorben auf der Straße, ein Tod, zuerst an die Tafel geschrieben und dann an den Pranger gestellt. Christine wollte es nicht glauben. Am Straßenrand liegengeblieben, einfach so unter die Toten gegangen, die vielen Toten, die Verschwörer gegen das Leben, gegen einen Baum gefahren, mit seinem Motorrad, zu schnell gefahren, die Bremsen versagt, das Reaktionsvermögen versagt, alles versagt. Man habe den Unfall erst Stunden später, nachdem er geschehen sei, entdeckt, sagten sie, die Leiche kaum identifizieren können. Er habe nicht einmal einen Führerschein bei sich gehabt. Es wurde von Selbstmord gesprochen. Sie sagten, der müsse den Baum absichtlich angesteuert haben. Er sei ja nicht betrunken gewesen. Nein, betrunken hatte er sich nie. Aber da hatten sie schon angefangen, die schmutzige Wäsche zu waschen. Der sei ja ohnehin nicht ganz normal gewesen, sagten sie. Hätte der sich nicht ein wenig anpassen können. Geradezu lächerlich, wie er ausgesehen habe mit seinem kahlrasierten Schädel. Eine Schule sei doch kein Theater. Dabei sei er doch schon einmal strafversetzt worden. Kein Wunder, sagten sie, dass da zuletzt nur ein Baum stand.

Es war wie in einem Traum. Habusch war gesprungen. Einen Augenblick lang hatte es so ausgesehen, als würde er fliegen oder schwimmen, in der Luft schwimmen können wie ein Fisch, oder wie ein Fallschirmspringer, ein Fallschirmspringer ohne Fallschirm. Dann hatte er sich gedreht, als habe er es ganz bewusst darauf angelegt, mit dem Kopf zuerst unten, auf dem harten Boden aufzukommen, sich das Gehirn zu zerschmettern.

Es interessierte sie nicht mehr, was die anderen sagten, ob sie schlecht über ihn sprachen oder gut. Sie verteidigte ihn auch nicht. Das hätte er auf keinen Fall gewollt. Sie schwieg, als hätte man ihr die Zunge aus dem Mund geschnitten. Wie ein Huhn, dem man den Kopf abgeschlagen hatte, lief sie im Kreis herum. Sie rannte. Sie strampelte sich ab, mit einem höllischen Brennen zwischen den Beinen, dem Ekel vor der Grabzeremonie, den aufpolierten Reden dort, einem Toten hinterher, die Unerträglichkeit von Worten, Sätzen, die sich alle auf etwas reimen sollten, ein Leben verpflichtet den Grundsätzen des Marxismus-Leninismus, auf die einschlägige Formel gebracht, auch wenn es nur noch das Krächzen einer Krähe war. Habusch hätte sie sich bestimmt verbeten, die Kränze, die Reden.

10

Die Straße des Lebens, Christine sah sie vor sich liegen, unbegehbar. Der Herbst war gekommen, der Morast, der Regen. Der Opa nicht wie sonst an der Bahn gewesen. Da war kein Pferd mehr durchgekommen, und sie und die Schwester wären es beinahe auch nicht. Niemals vorher war ihr das großelterliche Haus so verlassen erschienen, der Hof so verlassen, so verlassen der Garten, die Nelken verblüht auf den Beeten. Die Oma ein Schatten, schief in sich zusammengesunken, stand sie, am Herd in der Küche, und auch der Opa ein Schatten auf seinem Platz neben dem Ofen, dem Stuhl eines Toten, ein Großelternpaar wie verzaubert. Gleichgültig ihr Essen gegessen morgens, mittags und abends. Und kaum ein

Wort gesprochen. Und draußen der Regen, das Novemberinferno von Buß- und Bet- und Totensonntagen. Und im Haus eine Stille, die hart gegen die Ohren schlug. Die Ställe leer. Die Tiere abgeschafft bis auf ein paar Hühner, Enten und Gänse, ein Schwein zum Schlachten, die Pferde und vielleicht noch eine streunende Katze auf dem Hof. Die Schwester, die meiste Zeit bei der Oma in der Küche, Christine, irgendwo, oder in der kleinen Stube unter den Augen der Standuhr. Schon am Nachmittag lief der Fernseher und wenn es erlaubt gewesen wäre, hätte sie sich auch noch das Testbild angeschaut, stundenlang, nur um die Zeit totzuschlagen, die lange Zeit bis zum Abend, bis man ins Bett geschickt wurde von der Oma, jeden Abend mit denselben Worten, die Schwester noch mit der Hoffnung, ihr ein Viertelstündchen abzubetteln, ganz verschwunden in dem Viereck, hineingekrochen in den Kasten. Da hatte gerade ein Film angefangen. Sie wusste ja nicht, dass Christine sich angewöhnt hatte, den Apparat, wenn alles schlief, einfach wieder anzustellen, um bis zum Schluss davor zu sitzen bei abgedrehtem Ton.

Am letzten Abend hatte sie sich das Haar gewaschen, das Haar, schulterlang geworden, das dann doch wieder abgeschnitten werden musste. Kurz, hatte sie gesagt, ganz kurz, für eine Männerrolle im Theater, das Haar schon in der Schere, das kalte Eisen im Nacken. Und nach der Prozedur hatte ein unvollendeter Knoten am Boden gelegen. Mit nassem Haar noch einmal zu den Sternen hinaufgeschaut in einem letzten Tanz in der Mitte einer untergegangenen Welt. Trotz Kopfschmerzen am nächsten Morgen abgefahren, von der Oma an die Bahn begleitet. Da war das Fieber schon in den Gliedern gewesen. Den heissen Kopf aus dem Fenster gehalten, die ganze Zeit in den kalten Wind. Zuhaus hatte sie gleich ins

Bett gemusst. Das Bewusstsein verloren. Sie wusste nicht für wie lange.

Eine Stimme gehört, eine Stimme von weither. Komm, hatte die Stimme gesagt, sie beim Namen gerufen. Sie sollte kommen, aber wohin kommen, heraus aus der Dunkelheit, heraus aus dem Leben, dem schweren, klebrigen Leben unter den Füßen, in die Luft hinein, haltlos sein, wie Watte sein, ein fliegendes Buch, die Seiten vom Wind zerblättert. Und dann Gesichter neben dem Bett, für einen Moment lang klar und deutlich, die Mutter, der Vater, die Schwester. Und diese traurigen Bilder gesehen. Eine Ente, die schwamm auf dem Trockenen. Und eine Katze, die schaute ins Jenseits. Und hinter den Bildern noch andere Bilder, eine ganze Bilderserie aus dem Buch der Kindheit. Und wieder zurückgesunken in die Nacht, das tiefe, schwarze Loch, den langen, dunklen Tunnel. Und Durst gehabt, so rasenden Durst. Und alle Brunnen leergetrunken. Kein Wasser gefunden zum Trinken. Es hatte immer so geziept beim Kämmen. Das Haar so weich, so dünn an den Spitzen. Die Mutter sollte nicht mehr kommen mit den kalten Tüchern. Sie sollte aufhören, das Fieber lassen.

Weggelaufen. Auf das Eis gelaufen. Die große Acht gelaufen, das unendliche Zeichen in Kreisen, dieser Schwindel im Kopf, ohne anzuhalten, groß, immer größer die Kreise und dann wieder kleiner, ganz klein, zusammengeschrumpft zu einem Punkt, ein Punkt am Horizont, das einsame Haus auf dem Hügel, lächerlich winzig, wie es dastand, unter der schweren, herabhängenden Strohdecke. Noch einmal die geduldete Besucherin in der Klasse des Vater, ganz hinten in einer Bank gesessen. Ausgerechnet ihn, den schwächsten Jungen hatte er nach vorn holen müssen, an die Tafel. Die alte Geschichte. Das alte Leiden. Der Stotterer und sein Gedicht. Hatte er denn ganz vergessen, der Vater, wie es gewesen war, damals? Das Mädchen mit den schönen, langen Zöpfen, den Katzenaugen, schmale, schrägstehende Schlitze, in allen Farben aufblitzend und so spöttisch, wenn sie sich nach ihm umgedreht hatten. Und immer so schöne Schuhe getragen. Und er nur diese klappernden Holzpantinen. Und das Haar, diese dunklen, schweren Haarwellen, sich ausgedacht, jeden Abend wieder vor dem Einschlafen, was er ihr gesagt haben würde, hätte sie ihn einmal angesprochen, Sätze, Reden, flüssig aufgesagt, Ansprachen ohne Haken. Keine Atemnot. Keine Angst. Immer die Angst erwischt zu werden, vor die Klasse gerufen zu werden, steckenzubleiben, nicht weiterzukönnen. Die ganze Angst vergessen. Der Kopf so frei. Die Gedanken so frei. Ohne Krampf in den Muskeln. Ohne Grimassen. Ohne Hass auf die Schwestern, die albernen Gänse, die immer lachten, und die Brüder und die alten Hosen, die Flicken und die Pantinen an den Füßen, das Klappern, nur Haar, nur Liebe, diese erste, stille Liebe in einer Schulbank.

Und der Stotterer, der konnte nicht weiter, schon im ersten Wort steckengeblieben, ohne Atem vor der Hürde, einem langgedehnten A. Wie er dastand, der arme Büßerknabe mit den Augen eines Hundes kurz vor der Erschießung, rot angelaufen vor Scham, verächtlich gemacht, ausgelacht, alle gelacht, die Tanten, die Mutter, und auch sie hatte gelacht. Das neue Leben verraten mit dem Vater unter einer Decke.

Da war sie wieder sieben Jahre alt in dem Sommer, als der Verrückte sie mitgenommen hatte in die Felder, das Geheimnis, das Rätsel in die Dornen hineingezogen, in die Hecke. Er hatte sich das mutigste Mädchen ausgesucht, nicht sie. Nein, sie war nicht die Auserwählte gewesen. Ein anderes Mädchen musste sich ausgezogen haben, den Rock, die Schlüpfer, sich freigemacht haben für ihn, den Herrn über alle Mädchen, über alle Rätsel. Der Triumph in seinem Blick, als er sich über das Mädchen gelegt hatte. Und man durfte nicht weggeschaut haben, musste hingesehen haben, als er es vorgemacht hatte das Zittern, das Beben. Ganze Tage an der Straße gestanden, schmutzig und von Ruß bedeckt, er, der Kohlenkalle, über den alle nur gelacht hatten. Einmal im Leben der Fürst gewesen. Einmal im Leben Macht gehabt, der König an der Spitze der Kinderschlange. Und ihn dann ans Kreuz geschlagen, den Übeltäter, den Bösewicht, den Kinderschänder. Keiner hatte ihn verteidigt, ihn in Schutz genommen, als sie ihn abholen kamen, die Männer in den Lederjacken mit ihren Fragen nach der Wahrheit. Und jede Wahrheit eine Lüge. Das ganze Theater hinter den Vorhängen, hinter den Türen, hinter den Rätseln. Da sollte man nicht ungestraft hingeschaut haben. Da sollte man sich geschämt haben. Das Auge sah alles: Verdammt, verflucht sollst du sein. Vertrieben aus meinem Garten. Und es war doch nur eine Hecke gewesen aus bittern Schlehen.

Sie sei sehr krank gewesen, wurde gesagt. Ihr Leben habe auf Messers Schneide gestanden. Eine schwere Lungenentzündung, ein hohes Fieber mit langen Bewusstlosigkeiten sei es gewesen. Und keine Erinnerung daran. Drei Wochen wie weggewischt, aus dem Gedächtnis gestrichen, Bilder zu Schnipseln zerrissen, ein Buch, geschrieben in einer anderen Sprache. Auf einmal Japanisch.

Nur an ein Gespräch konnte sie sich erinnern vor der kalten Kopfwäsche. Ein feierliches Gespräch war es gewesen auf dem Schulhof. Es würde Ernst werden, hatte ihr der Schulleiter an dem Tag gesagt und von einer Aufgabe gesprochen, einer großen Aufgabe, einer großen Ehre. Der Name einer russischen Stadt war gefallen. Nicht

Moskau. Nicht Leningrad. Keine Spaziergänge an der Newa. Vielleicht sogar die kirgisische Steppe, das graue, trockene Sibirien. Da wollte kein Mensch hin. Wegen der Eins in Russisch, hatte er gesagt. Im nächsten Jahr, hatte er gesagt. Alles falsch gesagt. Alles verdreht gehabt. Ziele verdreht. Wünsche einmal durch die große Wäsche gezogen. Und am Ende die Kunst ganz herausgewaschen. Das neue Leben in öden Parteischulen eingetrichtert. An dem Tag hatte sie gewusst, dass es weiter gehen würde für sie in einem langen Treck nach Westen. Das Ganze noch einmal. Das Flüchtlingsschicksal mit allen Details. Das Haff für die Mutter. Der Graben für den Vater. Der lange, schwere Weg für die Pferde. Und, um es einem ein bisschen leichter zu machen, hätten sie gesagt, ein Umzug, nichts weiter. Und dann noch einmal den Kommunismus heraufbeschworen wie eine Krankheit, vor der man sich in Sicherheit zu bringen habe. Die Brüder. Die Sonne. Die Freiheit. Alles verraten. Alles verkauft. Die Sonne verkauft. Die Freiheit verkauft. Den ganzen Zug verkauft an ein maßlos gefräßiges Ungeheuer, einen heiliggesprochenen Materialismus. Die kalten Herzen, abgesprungen auf halber Strecke. Und tausend Erklärungen hätten sie gehabt, um es zu rechtfertigen, das Besitzen von Autos, Häusern, Eremitagen, eine schöner als die andere, auch die, die sich noch Genossen nannten untereinander, aber auch nur mehr haben wollten, mehr besitzen wollten als ihre Nachbarn, ihre Verwandten, mehr als die, die ihnen gegenübergesessen hatten an einem Tisch. Die ganze Geschichte einer verratenen Gleichheit, in Machtkämpfen, Papierkriegen, Bartlängen ausgetragen. Engels gegen Marx. Stalin gegen Lenin. Und Ulbricht gegen den Rest der Welt. Und alle zusammen streng herabblickend von den Wänden.

Da war nichts mehr am Ende der Straße, nicht einmal ein Fieber stark genug gewesen. Der Tod nur ein schönes Gesicht, das Lächeln eines Schauspielers über einem schwarzen, langen Mantel. Darunter ein verkrüppelter Mensch. Vielleicht nur eine Laune, ein Spiel, ein Spiel wie Russisch-Roulett, alles auf eine Karte gesetzt, es kalten Wickeln überlassen zu haben, Gesichtern, Silhouetten am Bett. Der Schwester mit dem Essen. Dem Vater aus einer anderen Welt. Einer Abordnung der Pioniergruppe mit einem Blumenstrauß, Astern, den letzten Astern aus einem Garten. Oder einem Buddhalächeln. Oder einem Buch. Dem Zauberberg von Thomas Mann, die richtige Lektüre für eine mit einem Schatten auf der Lunge.

Der erste Schnee war gefallen. Die erste winterliche Decke lag über dem Grab von Habusch. Und nach dem ersten Winter würde auch der nächste Winter kommen. Und dann noch mehr Winter. Und irgendwann, das war absehbar, würden sie den Friedhof ganz plattgemacht, dem Ort ein neues Gesicht gegeben haben. Eine Generation würde herangewachsen sein ohne Blick auf Massengräber. So viele Tote waren es gewesen, Leichen aus der Ostsee bis die Trave hinauf gekommen. Ein Transport von KZ-Insassen in den letzten Tagen des Krieges. Schiffe über das Wasser. Und Flugzeuge durch die Luft. Menschen, gerade der Hölle entkommen. Die hatten die gestreiften Anzüge noch angehabt, als die Bomben fielen, die letzten Kriegsbomben aus einem Versehen angeblich. Die Cap Arcona untergegangen ohne Orchesterbegleitung. Kein schöner Anblick die Wasserleichen. Die stanken noch in den Kartoffelsäcken. Die genaue Anzahl unbekannt. Die Grube tief gegraben. Und zuletzt den Acker zu einem Sportplatz gemacht. Ein Fußballzentrum über den Köpfen der Ahnen. Der Engel der Geschichte zerschlagen.

Es musste ihn abgeschreckt haben, so sehr abgeschreckt haben, dass er noch mehr Gas gegeben hatte, eine kleine Handbewegung nur, nicht viel mehr als eine Drehung. Das war alles. Ausgestiegen aus der Abschreckungsgeschichte, eine abschreckende Vergangenheit und eine ebenso abschreckende Zukunft vor Augen, die Geschichte vielleicht schon an ihr Ende gekommen, so kläglich, wie sie sich zeigte und dennoch gehätschelt und bewahrt, von einer Hand in die andere weitergereicht wie das kostbare Ringlein, das wandern musste. Und doch nur ein Fluch, ein Betrug, diese Geschichte aus Fluchten und Kriegen, aus verratenen Träumen und geplünderten Schlössern, in denen man sich immer vor etwas gefürchtet hatte, ein fauler Zauber, ein großer, sagenhafter Schwindel, eine Last, nur eine Last, ein Spiel zwischen undankbaren Rollen, die Mahnerin und die Seherin, Antigone und Kassandra. Und keine Rolle dazwischen.

Der Termin stand fest. Gleich nach Ostern sollte es losgehen, hatte der Vater gesagt. Es sei das Beste, hatte er gesagt, über ihren Kopf hinweg und über alle Liebe, zuletzt die Tatsachen so sehr verdreht, dass es aussah, als wäre sie, Christine der Grund für die Reise gewesen. Aber es war seine Reise. Und die Reise der Mutter. Ihre Reise hatte kein Ziel mehr. Ein Päckchen Wünsche neben Habusch begraben, Wünsche, die auch ein Vater einmal gehabt haben musste, der kleine, ehrgeizige Junge, der geträumt hatte von einer Napola, der Schule der anderen Sozialisten. Ein unverzeihlicher Irrtum. Ein unschöner Fleck. Der Fleck musste weggemacht werden. Und alles daransetzen, junge Menschen vor Irrtümern zu bewahren. Und niemals herausgekommen aus der Geschichte. Ein Vater und eine Tochter, beide in sie verstrickt.

11

Ein Wettlauf hatte begonnen, die Nervenanspannung vor dem Endspurt und eine letzte, schwere Hürde für den Vater, ein unberechenbarer Parteisekretär, Christines Klassenlehrer, der Wächter auf dem Turm noch in Gedanken. Hundertprozentige Linientreue bis unter die Fingernägel. So saubergeschrubbte Hände hatte der immer gehabt. Und kein Charakter. Niemals ein Glas getrunken. Immer stocknüchtern gewesen bei jeder Versammlung, an jeder Theke. Der Blick eines Spähers. Der Schmetterlingsfänger auf Nachtfalter aus, schwarze und braune Flecken unter weißen Westen, Metamorphosen und Mimikry, seltsame Verwandlungen, konterrevolutionäre Handlungen. Und der Vater, ein Betrunkener unter anderen Betrunkenen. Die Zunge von den Bieren, den Schnäpsen immer lockerer geworden im Laufe eines Abends. Und alles vergessen im Rausch. Einzig und allein der Sekretär würde jedes Wort, jede Äußerung, jeden Witz behalten und aufgeschrieben haben in ein kleines, unauffälliges Buch hinein, Notizen, aus denen hätte so mancher Strick gedreht werden können. Der Vater jedenfalls hatte Grund, das Notizbuch zu fürchten, bei allem was da über ihn zu lesen gewesen wäre in einem hundertprozentigen Protokoll. Er wusste, dass er oft Dinge sagte, die man besser nicht gesagt haben sollte, wusste auch, dass der andere schneller sein würde im Falle eines Falles, konnte sich ausgerechnet haben, was man mit ihm gemacht hätte an einem Ort wie Bautzen. Arbeit ohne Bezahlung. Essen aus dem Blechnapf. Redeverbot. Eine Behandlung, vielleicht noch schlimmer als das Sibirien seiner Schwestern. Er hätte es nicht ausgehalten.

Eine glückliche Wendung. Kein Auto vor der Tür, um ihn abzuholen. Keine Männer, die ihm ein Protokoll unter die Nase gehalten hätten. Das Protokoll einer Partei vernichtet, im Reißwolf gelandet. Der Schmetterlingsfänger selbst zum Schmetterling geworden, ins eigene Netz gegangen. Ein unheimliches Erscheinen und Wiederverschwinden, ein nie gelöstes Rätsel war das. Als habe es den Mann nicht wirklich gegeben. Aufgetaucht wie aus dem Boden gestampft, oder in einem Labor herangezogen bei durchschnittlichen Temperaturen, nicht zu heiß und nicht zu kalt. Und eines Tages zurückverwandelt, auch an ihm den schmutzigen Fleck entdeckt, ihn abgeholt zu einer Generalreinigung. Keine Krankheit, kein Unfall mit tödlichem Ausgang. Kein Grab, an dem man hätte stehen können. Der Mensch plötzlich substanzlos geworden. Ein Name gelöscht. Eine längere Dienstreise, wurde gesagt. Um Dienstreisen waren sie nie verlegen.

Und dann war noch einmal ein Osterfest gekommen, zum letzten Mal bei den Großeltern, schon mit gepackten Koffern für die Reise und einem Foto auf einem noch unentwickelten Filmstreifen, die Schwester an der Seite des Opas und Christine bei der Oma stehend, ein Bild, auf dem nur sie lächeln würde. Warum denn nicht zum Abschied? Und wer nicht schon längst Abschied genommen hatte, hätte es auch im letzten Augenblick nicht mehr getan. Das Wort, zu pompös in den Ohren, zu schwer auf dem Herzen. Das klang nach feuchten Taschentüchern, süßlichen Filmen, nach einer Gänsehaut über so mancher Abschiedsarie. Wenn ich einmal muss scheiden. Und überhaupt nicht freiwillig durch das Müssen, das Fortgehenmüssen, das Abschiednehmenmüssen. Eine richtige Henkersmahlzeit war so ein Abschiedsessen.

Christine war ein letztes Mal über die Felder gegangen in einer alten Spur, zu leicht, um sich eingedrückt zu haben für immer und ewig, der Boden zu weich, zu nachgiebig unter den Füßen. Ein letztes Mal vorbei an den Hecken und Knicks, den Verstecken einer Kindheit, auf einmal zu Ende gegangen wie ein Traum. Und für einen Moment lang war da der Himmel ein wenig freier geworden, ein Himmelsloch hatte sich aufgemacht durch die Wolken, die schweren, grauen, ein Licht war hindurchgekommen, mit der Sonne dahinter, hatte sich ausgebreitet, langsam immer mehr Luftschichten eingenommen, und allein dieses Licht in den Augen, fast so etwas wie ein Glück in dem Augenblick, fast so etwas wie eine Dauer. Sie hatte ja nichts sagen dürfen vor den anderen, denen in der Schule, in ihrer Klasse. Und deswegen war es wie immer gewesen, am letzten Tag in der Klasse.

Ihr Tagebuch hatte sie mitgenommen auf die Reise, nicht, weil sie es für so außerordentlich wertvoll hielt, sondern weil sie nicht wollte, dass es jemand in die Hände bekommen hätte ohne ein Recht dazu. Und wenn es nicht ebenso auffällig gewesen wäre, es verbrannt oder eingegraben zu haben unter einem Baum, hätte sie es getan. Viel stand nicht in dem Buch, das ein anderer hätte lesenswert finden können, eigentlich nur das, was sie sich an manchen Tagen aus dem Fingern gesogen hatte, der Monolog der verlorenen Tochter auf einer Bühne ohne Publikum, weiße Seiten, die jedes Wort ertragen hätten, das Endlosgespräch mit einem Unbekannten in tausend und einer Nacht, einer Zeit ohne Zeit, gegen den unerbittlichen Zusammenschluss von Vergangenheit und Zukunft. Und hätte sie das Tagebuch nicht gehabt, hätte sie überhaupt nicht gewusst, wo die Zeit abgeblieben war, die vielen Tage, die Wochen, die Monate, die man herumgekriegt hatte.

Gleich nach Ostern hatte sie der Opa zur Bahn gebracht mit den Pferden Liese und Lotte, den beiden übrig gebliebenen aus Ostpreußen. So viele Lasten gezogen, Menschen gezogen und Pflüge gezogen über die Jahre und kein Dank, kein Gnadenbrot, kein Platz in einem Stall. Kurz darauf zur Abdeckerei gekommen, verarbeitet zu Seifenpulver und Pferdewurst, aus der Welt geschafft durch eine Giftspritze. Und ein Großelternpaar würden sie ins Gefängnis gebracht haben, den Opa für ein Jahr wegen Beihilfe zur Republikflucht, die Oma noch etwas länger für unerlaubtes Reisen. Morgens, in aller Frühe würden sie gekommen sein, drei Männer in schwarzen Lederjacken, in einem Auto, das hatte noch zwei Plätze frei. Sie würden die beiden Alten mitgenommen haben in die nächste Stadt zu den Verhören, getrennt, jeder für sich in einer Zelle. Der Opa würde zusammengeklappt sein nach zwei oder drei Tagen, alles zugegeben haben, die Pferde, die Kutsche und dass er die Zügel in den Händen gehalten hatte. Und die Oma würde am Anfang noch ihr spöttisches Lächeln aufgesetzt haben. Aber nach einigen Verhören würde auch sie ein Protokoll unterschrieben haben müssen, das keine Reise ausgelassen hätte.

Und sie waren auf den Zug gesprungen in allerletzter Minute mit dem bisschen Gepäck für einen Ausflug von ein paar Tagen nur. Alles das, was einen Verdacht erhärtet haben könnte bei möglichen Kontrollen, hatten schon die Schwestern des Vaters über die Grenze geschafft, die Zeugnisse und das Geld von der hohen Kante, schon eingetauscht, schon zusammengeschrumpft in Höhe und Wert. Alles andere zurückgelassen, die Möbel, die Einrichtung einer Wohnung, die Bilder an den Wänden, die Kleider in den Schränken, die Bücher und die Tücher, die blauen Pioniertücher und das rote, das Christine von den Russen bekommen hatte in Rostock mit einem Russenkuss und einem Versprechen: Irgendwann in Leningrad. Keiner hatte gewusst, was man brauchen würde. Und im Zweifelsfall hatte man sich gegen jeden Ballast entscheiden müssen. Die Mutter hatte sich schwer getan bei der Auswahl der Sachen, dem bisschen, das hineinkommen sollte in den Koffer, schon bei den Großeltern festgestellt, leichte Kleider für wärmere Tage vergessen zu haben. Verdenken können hatte man es ihr nicht, dass sie das Silber mitgenommen hatte, Messer, Gabeln, Löffel für mehr als vier Personen, nur um etwas gerettet zu haben von einem kurz darauf für immer verlorenen Besitz.

Und wie sie da saßen, schwitzend, in den viel zu warmen Wintermänteln bei sommerlichen Temperaturen, mussten sie doch einen sehr komischen Eindruck gemacht haben. Der Vater hatte sich kaum beruhigen können, auf den Opa geschimpft und auf die langsamen Pferde. Und wenn er so weiter gemacht hätte, wären sie womöglich noch aus dem Abteil geholt worden, aufgrund von Erregung öffentlichen Ärgernisses. Ach, was ging einem da nicht alles durch den Kopf, alle die Katastrophen, die das Denken gerade dann nicht ausschließen wollte, die Wahrscheinlichkeiten und Unwahrscheinlichkeiten, auch wenn es darüber andere Berechnungen gab. Im Ernstfall hätte es ihnen doch niemand abgenommen, das Märchen von der Reise in den Spreewald mit zwölf Messern im Gepäck. Und in dem Fall hätte Christine ziemlich allein dagestanden auf einem Bahnsteig mit der Schwester. Da hieß es, sich aufzurufen zu anderen Gedanken. Und die Mutter schaute aus dem Fenster. Und der Vater war eine Zigarette rauchen gegangen. Und die Schwester dachte schon an die Brote, den Reiseproviant von der Oma, die hartgekochten Eier, und ob sie denn auch wirklich hart genug geworden waren, immer in Angst und in Sorge, irgendwoanders verhungern zu müssen. Das Wagnis einer Reise. Und wie es sein würde in einem Ort namens

Fürstenwalde. Aber vielleicht glaubte auch sie schon nicht mehr an das Märchen. Und zumindest sattessen wollte sie sich noch einmal, bevor alles anders werden würde, der Lärm auf den Straßen, der einem bevorstehen würde, der ganze Krach und die zungenbrecherischen Laute, die kehligen Rs im Rachen, amerikanisches Englisch, mit einem Kaugummi im Mund gesprochen. Die vielen Sorten. Himbeergeschmack. Und Erdbeere. Und Pfefferminze. Und die Blasen, die man damit machen konnte. Riesendinger. Alles in Blasen aufgegangen, das ganze Denken. Die Mutter hatte es ohnehin nie gereizt, zu wissen, was es auf sich hatte mit einer Redewendung wie: Ach, du mein Täubchen. Die Russen am Fenster, nein, nicht noch einmal diesen Schrecken. Sie schaute noch immer in die Landschaft hinaus, in der sie so viel vermisst hatte, das alte Ostpreußen, die Wälder, die Seen der Masuren. Sie wäre da geblieben, nicht weggegangen, hätte es den Krieg nicht gegeben. Und eine gute Partie gemacht. Dafür hätte der Opa schon gesorgt. Aber vielleicht wäre sie sogar auf den Vater gestoßen mitten in einem Wald. Sie auf einem Rappen und er im grünen Rock. Und der Film hätte dann geheißen: Bei uns zuhaus in der Försterei. Nein, die Mutter war nicht für Veränderungen. Ihre Physis streikte, die träge Verdauung, sich an andere Betten gewöhnen zu müssen, jedesmal eine Tortur.

Und Christine dachte schon an Berlin, die Stadt, über der so mancher ins Schwärmen geraten wäre beim Erzählen, wenn er sie besucht hätte in den guten, alten Zeiten. Der kaiserliche Hof. Und die Paraden Unter den Linden bis zum Brandenburger Tor. Und die Riesenkerle in den schönen Uniformen. Und die Damen in Mauve. Und Ruhe und Ordnung auf den Straßen. Straßen wie gute Stuben. Keine Schlagbäume. Kein Stacheldraht. Keine Kriegserklärungen: Ost gegen west, rot gegen schwarz, arm gegen reich, so, wie es immer gewesen war, trotz der unzähligen Romane, die geschrieben worden waren auf der Suche nach etwas anderem noch.

Und eine Kunsthistorikerin hätte von den vielen Museen geschwärmt. Ihr Berlin wäre ein Paradies für jeden kunstinteressierten Menschen gewesen. Den Pergamon Altar, den müsste doch jeder einmal gesehen haben und die asiatische Abteilung der staatlichen Museen im preußischen Kulturbesitz. Und andere wiederum hätten sich lieber herumgetrieben in den vielen Lokalen, als in einem Museum für alte Kultur, den Film der Zwanziger Jahre noch einmal abgespult. Isidora Duncan und Sergej Jessenin in einer Russenkneipe. Den Wodka runtergekippt wie nichts. Und Else Lasker-Schüler, die sich der Prinz von Theben nannte, in einem unwahrscheinlichen Hut im Romanischen Café neben Brecht mit zynischen Bemerkungen. Und Hans Fallada auf Morphiumsuche. Alle Apotheken abgeklappert und zuletzt gelandet auf einem Klo. Und der Schriftsteller, der sich auf der Westseite des Landes noch Genosse nannte, hätte sich nicht niedergelassen in Wüstenrot, sondern in Berlin Friedenau, in einer ruhigen Seitenstraße mit einem großen Streckennetzplan über dem Schreibtisch, die S-Bahn, ein Betrieb unter ostzonaler Verwaltung, einem kleinen Stück Heimat für die Wand. Und spazierengegangen wäre er an den stillen Kanälen, wo sie Karl Liebknecht und Rosa Luxemburg aus dem Wasser gezogen hatten. Und auch Habusch war da oft hingegangen. Und manchmal auch auf den Friedhof gegangen, in großer Verehrung für das dialektische Theater, da, wo sie Brecht beerdigt hatten neben Hegel. Und neben Hegel noch andere, preußische Minister. Und sonntags rausgefahren an Havel und Spree. Gleich für zwei Flüsse hatte die Stadt Sorge getragen, als habe sie insgeheim schon immer mit ihrer Teilung gerechnet. Und für breite Straßen, auf denen hätte man entdeckt werden können für den Film, Mädchen mit langen Haaren, die dort auf- und abgegangen wären, Hütchen, Schühchen, Täschchen passend.

Einmal hatten sie umsteigen müssen. Und dann schon im Zug nach Berlin gesessen. Die hartgekochten Eier, die Brotpakete waren ausgepackt worden. Und alles in allem hätten sie doch den Eindruck einer ganz normalen Familie auf der Fahrt in die Ferien machen können, wären die Messer nicht gewesen. Der Schaffner war gekommen und hatte seine Löcher ebenso gleichmütig in ihre Karten geknipst wie in alle anderen Fahrkarten, ohne sie von oben bis unten maßgenommen zu haben inklusive Gepäck. Man musste also nicht immer gleich an das Schlimmste denken. Dem Vater hingegen war es anzusehen, dass er am liebsten umgekehrt wäre auf jenem Umsteigebahnhof kurz vor Berlin, wo man die Züge möglichst schnell, ohne Umstand hätte wechseln müssen. Er hatte die Übersicht verloren in dem Gewimmel aus Gleisen und Bahnsteigen, nur mehr einen Namen im Kopf gehabt, das Aufnahmelager in Marienfelde. Um dort hinzukommen, hätte man die ganze Stadt erst noch in Nord-Süd-Richtung durchqueren müssen, um irgendwo, in der Mitte, da wäre man schon unter der Erde gefahren, die Grenze zu passieren. Begreiflich war das in der Situation am wenigsten dem Vater. Und dann war es, wie in einen Sog hineingekommen zu sein. Gegen den konnte man nichts machen. Und später, als man schon in der Schlange stand, zusammen mit den anderen, ebenso rübergeschoben von der Welle, wusste man es immer noch nicht, wie man es geschafft hatte.

So viele Menschen, alle herübergekommen an einem einzigen Tag, eine Kette ohne Ende, mit einem Anfang, der weit vorn in einem Hauseingang verschwand, rauchende Männer, schwatzende Frauen, glückliche Gesichter. Sie hatten gewonnen. Sie waren am Ziel angekommen. Hinter ihnen war eine Welt zurückgeblieben. Eine halbe Welt nur. Ein halber Himmel. Sie wollten den ganzen. Sie standen schon auf der Schwelle vor der Tür. Sie mussten nur noch ein bisschen warten. Sie wussten es nicht. Aber bald würden sie es wissen. Dieser Sieg würde große Beschämung über sie gebracht haben eines Tages, die Schuld noch ein bisschen größer, die Last auf dem Rücken noch ein bisschen schwerer, den Trümmerberg unter den Füßen noch ein bisschen höher gemacht haben.

Christine musste an die ältere Dame denken auf jenem Umsteigebahnhof, wo sie so lange gestanden hatten, richtungslos. Der Vater hatte ja nicht mehr gewusst, wohin. Das hätte das Ende der Reise sein können, wäre die Frau nicht da gewesen, der rettende Engel wie bestellt mit einem freundlichen Gesicht. Ausdruckslos hatte dagegen der Grenzpolizist seine Arbeit getan bei den Routinekontrollen zwischen zwei S-Bahnstationen, immer im viertelstündlichen Takt, viele Male am Tag, auch wenn er einen verdächtigt und herausgeholt hätte, seine Rolle als Schicksalsgott ausspielend mit einem Stich in die Probe nach der Regel des Zufalls. Alle hatten auf Verlangen die Fahrkarten und Pässe vorgezeigen müssen, und besonders für die, die mehr Gepäck dabei gehabt hatten als nur eine Handtasche, war es ein Atemanhalten, ein alles entscheidender Moment gewesen. Die anderen hatten sich längst gewöhnt an das Spiel alltäglicher Grenzüberschreitungen. Denen hatten die Hände nicht gezittert. Die Papiere wie im Schlaf hingehalten. Und weiter aus dem Fenster geschaut, gleichgültig in den Spiegel hinein. Von denen hätte sich keiner aufgeregt, wenn sie einen herausgefischt hätten. Und der konnte alle anderen sogar bewahrt haben vor der unangenehmen Kontrolle. Es war die Gleichzeitigkeit von Glück und Unglück nebeneinander, der seidene Faden, an dem jedes Leben hing. Das Glück des einen, auf das Unglück des anderen gebaut. Und alles nur ein Spiel. Eine Laune der Götter. Ein Zufall. Sie noch einmal davongekommen. Und die Großeltern schon verraten.

Warum man denn kein Besteck dabeihaben dürfe, hatte der Vater gefragt, die Frage des Polizisten mit einer Gegenfrage beantwortet. Und dieses Mal hatten die Nerven nicht versagt. Ja, warum eigentlich nicht? Warum sollte man nicht reisen dürfen mit zwölf silbernen Messern im Koffer? Die Eltern erzählten es immer wieder in der Schlange vor dem Lager, das Unglaubliche, und was für ein Glück man gehabt hatte, was für ein unwahrscheinliches Glück.

12

Von außen sah es aus wie ein schwarzes Schloss mit seinen im Laufe der Zeit immer düsterer gewordenen Mauern, wie der Wohnsitz einer sehr alten, sehr adligen Dame, die irgendwo, in einem der vielen Zimmer im Bett gelegen und geträumt hätte noch immer von den verlorenen Zeiten. Die Feste. Die Lüster. Das ganze Geglitzer. Die schönen Kleider. Das Rascheln von Seide. Alles passé. Alles gewesen. Verblasst der Glanz. Die Spiegel zerschlagen. Die Einrichtung verkauft. Das Haus heruntergekommen mit den Jahren. Zwei Weltkriege, die hatten ihre Spuren hinterlassen in den Mauern. Das Haus eine Bruchbude, eine Notunterkunft geworden für Flüchtlinge. Die vielen Menschen, das Geschrei der Kinder, die Frauen mit der Wäsche, die kleine Wäsche, jeden Tag, die Haare in den Waschbecken, die Waschbecken ewig verstopft. Und immer die Essensgerüche, das Geklapper von Blechkanistern in den Fluren. Und das Schlafen in einem einzigen Raum, Familien, Paare, Einzelpersonen, die Betten notdürftig voneinander getrennt, Wände aus Pappmaché, die nasse Wäsche darüber gehängt, fünfzig bis hundert Personen, Männer, Frauen, Kinder, junge Menschen, alte Menschen, laut und leise, schreiende Babies in ihren Kinderwagen. Und nachts die Geräusche, wenn die Lampen ausgegangen waren hinter den Schirmen, das Flüstern, das Schnarchen, das schrille Gestöhne aus den Betten. Und keine Luft zum Atmen. Die Fenster vergittert, damit niemand auf dumme Gedanken kam. Die Haustür immer verschlossen, immer bewacht, eine Vorsichtsmaßnahme, der Ordnung halber, wurde gesagt. Das Lager wie ein Gefängnis.

Und draußen ging der Frühling am Fenster vorbei. Der schöne Westen vor der Tür, eine Wand für Reklame. Der Duft der großen, weiten Welt, in einer Zigarettenlänge eingefangen, neben Riesenblöcken aus Luftschokolade. Und Zeit, die nicht vergehen wollte, Tage, die morgens vor einem lagen wie ein ausgeleiertes Gummiband, lange Nachmittage ohne Ende. Und immer Kopfschmerzen. Die stickige Luft im Haus. Und nichts passierte. Nur das Gerede, Fluchtgeschichten immer wieder. Frauen, die nichts anderes zu tun hatten, als sich gegenseitig ihr Leben zu erzählen. Die Männer fort. Die Kinder im Treppenhaus, schreiend. Dort musste man angestanden haben nach dem Essen, morgens, mittags und abends. Und nach dem Essen wieder das Zeittotschlagen, das Warten. Christine, am Fenster, stundenlang, mit dem Blick nach draußen, auf die Straße, auf das gegenüberliegende Haus, die alte Frau dort, die auf das Leben schaute, das Leben vor einer Fensterscheibe, zusammengezogen in einem Bild, mehr war es nicht, nur eine kleine lichtlose Wohnung, alles, was ihr geblieben war, ein stilles Betrachten, ein Sitzen auf einer Bank, egal, wo sie gestanden hätte, ein Zimmer und eine kleine Küche, die letzten Jahre auf wenige Quadratmeter beschränkt, mit einem kleinen Rechteck Himmel im Fenster. Die seltsame Neugierde, Augen, einer Frau hinterher, die unten auf der Straße stolzierte. Haar sehr kunstvoll hochgesteckt. Die musste lange vor dem Spiegel gestanden haben für den Auftritt. Das laute Klacken von Absätzen auf dem Trottoir. Und plötzlich der Moment, sich ertappt zu wissen, gestört durch andere Augen, das Zurückschrecken, die Scham, sich etwas ganz Lasterhaftes gestattet zu haben. Der schnelle Griff zum Wasserglas, das Besorgen der Pflanzen, als sei das der eigentliche Sinn der Fenstersitzung gewesen. Manchmal sah sie die Frau auf die Straße hinaustreten, geduckten Kopfs, als könnte ihr irgendetwas Unvorhersehbares geschehen, die Häuser könnten über ihr zusammenfallen, sie unter sich begraben, als fürchtete sie sich vor dem Leben, als wäre das Leben nur noch hinter der Gardine erträglich. Und dann wurde Christine gerufen, dieses oder jenes zu machen, oder sie wurde zum Essen geholt. Die Mutter mit einem bedenklich roten Kopf über den verbeulten Blechtellern. Nein, so hatte sie es sich nicht vorgestellt, das süße Leben im Westen. Eine Enttäuschung war das.

Aber nicht nur sie war enttäuscht. Auch der Vater, der weniger erwartet hatte, kam an manchen Tagen sehr niedergeschlagen von den Behörden zurück. Dann konnte man in seinem Gesicht lesen, dass seine Sache dort nicht so stand, wie sie hätte stehen sollen. Um seine Anerkennung als politischer Flüchtling hatte er zu kämpfen. Und um die ging es. Weil er in der Partei gewesen war. Allein deswegen musste er sich viele, unangenehme Fragen gefallen lassen in amerikanischen, englischen, französischen und westdeutschen Verhören. Von der Anerkennung hing nicht zuletzt auch das Taschengeld ab, das jedem Flüchtling zustand, in der Situation sogar wichtiger als der fragile, politische Unterbau eines Vaters, der sich nicht eingereiht sehen wollte in die Rubrik Wirtschaftsflüchtlinge. Der Vater blieb beharrlich. Er konnte nichts anderes tun, als diejenigen, die ihn unter die Lupe nahmen, Tag für Tag, davon zu überzeugen, dass er erstens ein Politischer und zweitens kein Hundertprozentiger war. Ihm ging es um die Wahrheit, und dass es nur am Anfang so etwas wie eine Liebe gewesen war. Vielleicht fünfzig zu fünfzig für ihn in Prozenten. Und endlich auch das Taschengeld in den Händen, ein Gefühl wie Weihnachten. Und dann wurde erst einmal eingekauft. Zigaretten und Schokolade und eine große Packung Kaugummi und eine Flasche Schnaps. Dafür reichten die fünfzehn Mark gerade.

Die Mutter mochte ihn nicht, den neuen Bekannten vom Vater, mit dem zusammen er Schnapsflaschen leerte, ein Journalist, fünf Jahre im Gefängnis gesessen, ein heller Kopf, sagte der Vater. Die Mutter wollte es nicht wissen. Ein Politischer, sagte sie, ein Trinker, ein verkommenes Subjekt, ausgerechnet mit so einem musste er sich einlassen. Sie sah die leeren Flaschen, roch die Schnapsfahne, jeden Abend dasselbe. Der Traum von einem besseren Leben, die große Hoffnung auf ein Wunder, die Verwandlung des Vaters. Nichts war in Erfüllung gegangen. Nichts.

Und Christine las Romane, die kamen von unten, aus der Küche. Aber man hätte sie auch kaufen können an jedem Kiosk, gar nicht teuer. Dort lagen sie aus, massenweise. Und eigentlich hätte man auch nur ein Exemplar zu lesen brauchen, sich jede weitere Lektüre ersparen können. Es war immer dasselbe. Patent gestrickt. Aber mit dem Stricken war es wie mit dem Lesen. Man konnte nicht aufhören, wenn man einmal damit angefangen hatte, selbst wenn das Muster sich wiederholte, eins rechts, eins links, ohne Ende, ungefähr fünfzig bis hundert Seiten Stoff, bis die Liebenden sich zum ersten Mal umarmen und küssen durften. Und darauf kam es an. Und nach dem Kuss nichts mehr, der harte Schnitt, als gäbe es die Geräusche in einem Massenschlafsaal nicht, die Sendungen im Fernsehen mit den ernsten Worten vorher. Dafür jede Nacht das Hörspielprogramm, ohne dass man es hätte abstellen oder leiser drehen können. Das kam nicht vor in den Romanen. Dort blieb es bei einem Kuss und einem medizinischen Wunder, eine schwere Operation, Arzt und Schwester, die an einem Strang zogen. Die Stunde der weißen Kittel, hundertprozentig trivial. Dennoch konnte Christine nicht widerstehen bei Titeln wie: Ihr schönstes Geheimnis, vielsagend oder nichtssagend, je nachdem wie tief man schon gesunken war in den Sumpf. Denn das war Massenware. Und als solche hätte sie sie auch verteidigt, obgleich man die Hefte, um sie nicht verteidigen zu müssen, am besten heimlich las. Rosi hieß die, die sie beschaffte. Aber vielleicht hieß sie auch anders. Rosalinde. Oder Roswitha. Oder Agnes. Eine Augenweide in den öden, grauen Fluren eines Lagers. Ausgestattet mit einem großen Busen, langen Beinen und einem aufreizenden Gang. Und sie hatte auch schöne Sachen zum Tragen. Und langes, schwarzes Haar, das sie manchmal zu einem Pferdeschwanz zusammenband. Ein Flittchen, sagte die Mutter. Rosis Mutter sagte gar nichts, die kleine, verhärmte Frau, die man hinter der aufgetakelten Tochter kaum sah. Die nähte für sie, machte alles für sie. Und Rosi sehr verächtlich, die habe ihr überhaupt nichts zu sagen. Vielleicht fehlte der Vater, aber sie hätte es nicht so gesagt, auf einen Vater auch nichts mehr gegeben. Rosi war kein Kind von Traurigkeit. Über ihrem Leben sollten keine Schatten schweben. Sie wollte Spaß haben, die Vergangenheit in der Vergangenheit lassen, an einem Ort, wo einen die Vergangenheit aus jeder Ecke ansprang, Kriege überall Spuren hinterlassen hatten, Ruinen wie wilde Tiere, in deren Nähe nur noch ein kleines Kind hätte spielen können, ahnungslos. Rosi war wie eine Zwiebel. Und so manches Mal hätte man weinen mögen über sie. So viele beißende Häute. Und darunter ein Traum. Rosi wollte zum Film, unbedingt berühmt werden, so berühmt wie eine C. C. oder eine B. B.. Rosi kannte sich aus in den Abkürzungen. Ganze Tage nur über Filmschauspieler geredet. Und immer noch nicht genug gehabt. An ihr hatte sozusagen die ganze, sozialistische Erziehung versagt. Makarenko und der kollektive Gedanke. Und die russische Sprache. Und die Lieder. Und die Gedichte. Der andere B. B.. Alles ohne Wirkung geblieben. Vergessen. Rosi hatte nur ihre Idole im Kopf, egal ob sie noch lebten, oder sich längst zu Tode gefahren hatten in ihren schnellen Autos. Und Christine hatte wenig zu sagen zu Typen wie James Dean und zu einem Film, Endstation Sehnsucht, sagte Rosi, auf ihre Art verschlagen. Aber es waren nur Worte. Und hinter den Worten die Dornen und das ganze Gestrüpp jenseits von Eden. Und die anderen Filme. Die Verdammten. Und die Halbstarken. Und frommen Tänzer. Unbegreiflich. Diese Wellen wollten immer weiter gehen, als das Auge reichte. Die Sehnsucht, sie hatten sie alle gehabt: Kommunisten, Pädagogen, Filmschauspieler und Dichter. Und am Ende der Reise ein Baum, ein

Fensterkreuz, ein Herz gebrochen, die Sehnsucht liegengeblieben irgendwo, an einem Straßenrand.

Rosi war ein Spiegel. Und Christine hatte hineingesehen, geübt, sich selbst zu betrachten, das Bild immer wieder neu zusammenzusetzen, ein altes Selbstbild, das energische Mädchen mit einer Schwester an der Hand, die gute Schülerin, die gute Pionierin. Die hätte sich schon irgendwie durchgeboxt mit ihrem Ehrgeiz. Oder noch ein bisschen früher, zwei niedliche, kleine Mädchen auf den Bildern vor den Blumenrabatten, die albernen Hahnenkämme im Haar, dieselben Kleider an. Und immer so schön zusammen gesungen. Und dann die erste große Zäsur, ein Bild mit einem anderen Kleid. Die Zöpfe abgeschnitten, die die Schwester noch trug. Die Stirn in Falten gelegt. Eckiger geworden, mit aufsässigen Knochen an Schultern und Becken. Sie habe einen schönen Mund, hatte man ihr oft gesagt, so einen richtigen Herzmund. Aber sie trug das Herz nicht mehr auf den Lippen. Vielleicht sogar noch einmal das kleine Mädchen geworden, das gerade erst zu laufen begonnen hatte, ein graues Mäuschen neben einer Rosi, ein unbeschriebenes Blatt, eine leere Seite, ohne Richtung, ohne Ziel auf der Straße des Lebens, das Zauberwort, einmal gehabt und dann verloren, das Wort vor den Worten. Die Schulen. Die Meere. Die Eisblumenfelder. Die Kaltwassergüsse nach kurzen, heftigen Räuschen. Und immer noch nicht ganz abgehärtet, immer noch nicht ganz so, wie sie hätte sein sollen. Es hatte immer so wehgetan, als hätten sich gerade in den Tagen alle Organe da unten gegen das Leben verschworen. Und diese Läppchen und Sprüche, Sprüche von der Mutter: Beiß aufs Leder. Reiß dich zusammen. Das Adagio lamentoso, die natürliche Bestimmung, das doppelte X in der Chromosomenreihe, die weiblichen Gene, die so oft verrückt spielten. Einmal ganz oben in den

Wolken. Und dann wieder ganz unten an der Erde. Und zuletzt immer noch der Frosch, der sich verwandeln musste.

Da ging sie mit Rosi in einem Strom von Passanten und kannte sich selbst nicht mehr. Menschen, alle nach irgendwo unterwegs, Männer und Frauen und Kinder, Kinder wie Puppen, artig an der Hand ihrer Mütter, eine dicke, gefräßige Menschenraupe, die sich träge vorwärtsbewegte neben Autos in verdoppelten Reihen, eine Prozession ohne Gleichschritt. Diese Frauen mit den waghalsig hohen Pfennigabsätzen, den großen Hüten über den empfindlichen Augen, den baumelnden Handtaschen an den Armen in den Drehtüren der Cafés. Die sahen aus, als kämen sie alle vom Film. Geld wie Heu müssen die haben, hörte sie Rosi neben sich sagen. Rosi wie eine Reiseführerin, die ihren Text vergessen hatte vor der Kaiser-Wilhelm-Gedächtniskirche, dem Wahrzeichen von Berlin, wie sie sagte, angezogen schon von der Kaufhäuserkette auf der gegenüberliegenden Straßenseite, Kaufhäuser, eins wahrer als das andere. Und am Ende der Kette, das Ka-De-We, das Kaufhaus des Westens, das größte und schönste Kaufhaus, sagte Rosi, die eigentliche Wahrheit für sie.

Schon das Eintreten war abenteuerlich mit den livrierten Dienern zu beiden Seiten der Tür, die dort standen wie aus einer anderen Epoche, Barock oder Empire, jedenfalls hätte man nicht gewagt, sie nach der Uhrzeit zu fragen. Von den Decken hingen pompöse Lüster herab, warfen Blitze in alle Spiegel, Spiegel, die alles sahen, vielleicht sogar durchsichtig waren von der anderen Seite. Hier könne man alles kaufen, sagte Rosi feierlich, nur Geld müsse man haben. Und Christine fühlte sich wie die Maus in der Falle, eingeklemmt zwischen der Doppeldeutigkeit in jedem Wort, in jeder Geste, schmutzige Gedanken in den Köpfen des Personals, Schaufensterpuppen wie Menschen ohne Herzen und ein absoluter Herrscher an der Spitze, das grinsende Ungeheuer mit weit geöffneten Armen. Rosi war schon in seinem Bann. Ihre Augen begannen zu glänzen in den Reihen aus Flaschen und Fläschchen mit exotischen Namen, den Duftzerstäubern, Puderdosen, Cremetöpfchen, Tiegeln und Tuben, alles für die Handtaschen der Frauen. Und wie das roch. Rosi war an allem dran mit der Nase. Eine ganze Reihe nur für das Haar. Shampoos in allen Farben und Sorten. Da hätte man lange suchen müssen nach einem für ganz normales, braunes Haar. Und Christine gab es auf, nach etwas zu suchen. Sie schaute auf Rosi. Rosi war in ihrem Element. Ihr gingen die Augen über, als sie die Lippenstifte sah, die ganze Pallette an Rottönen mit fruchtigen Namen, himbeerrot, kirschrot, brombeerrot, tomatenrot. Ob es ihr wohl stehen würde, fragte sie, ohne eine Antwort zu erwarten. Sie sprach mit sich selbst. Man hätte ihr nichts sagen können über einen Lippenstift, und ob sie ihn brauchen würde, über die Verführung und das Unrecht in den untersten Etagen. Bald würde Rosi Lippenstifte haben in allen Farben, und schöne Kleider im Schrank, und jede Mode mitmachen, und niemals zweifeln. Und auch der Traum vom Film würde vergehen, wie ein Sommer vergehen würde. Und in einem November würde sie geheiratet haben, um über die trübe Zeit hinwegzukommen im Ehehafen mit einem Mann. Rosis Leben wie ein Film: Gefressen und wieder ausgespien. Eine neue Haut. Die alte abgestreift. Die Wurzeln rausgerissen. Wie auf Watte gegangen, in ein weiches, schmeichlerisches Licht getaucht. Freundliche Bedienung, Musik in den Ohren und von allen Seiten die Frage: Was wünscht die junge Dame? Ach, so viele Wünsche. Dieses und jenes, und das ganz Andere auch noch. Die unersättliche Wunschmaschine. Das unendliche Begehren. Der grenzenlose Verbrauch, so wie die Spiegel einen haben wollten, pflegeleicht und waschbar.

Und dem Vater fehlten noch immer die Papiere, mit denen es geheißen hätte, schnell die Sachen zusammenzupacken und dann auf das Fließband, und danach in die Wolken, zum endgültigen Abtransport. Rosi und ihre Mutter waren schon abtransportiert worden, in ein anderes Lager gekommen, tief im Westen, Rosi mit einem tomatenroten Lippenstift in der Tasche, gegangen ohne Abschied.

Und eines Tages wurde von Bayern gesprochen, einer Schule in den Bergen, einem Leben unter fremden Sternen, ohne Sonnenaufgänge über dem Meer in östlichen Schleifen. Und Christine sah sich schon gehen in einem Dirndlkleid zwischen Sepplhosen und Kreuzigungsszenen an allen Wegen. Nach Bayern wäre auch die Mutter nicht mehr mitgegangen, wo man Bier womöglich schon zum Frühstück trinken würde in einem gottverlassenen Nest mit einer Schule und einer Kirche und einer Kneipe und sonst gar nichts. Und auch nicht nach Baden-Württemberg oder nach Nordrhein-Westfalen. Für die Mutter kam eigentlich nur Niedersachsen in Betracht. Und wenn nicht, dann eben zurück! Das drohende Wort aus ihrem Mund, als hätte es die Möglichkeit dazu noch gegeben. Dem Vater wäre das Schweigen im Wald vielleicht sogar ganz recht gewesen bei den Aussichten. Eine Arbeitswelt mit anderen Gesetzen, Herrschaftsverhältnisse ohne Dialektik und eine politische Landschaft, die sich hauptsächlich durch Abwesenheit auszeichnen würde. Stattdessen Gehaltsgruppen, Klassen nach dem durchschnittlichen Jahreseinkommen berechnet. So würde es aussehen. Allenfalls in ein Angestelltenverhältnis würden sie ihn übernehmen. Die hatten wenig Bedenken bei Hausfrauen, ausgebildet in Schnellverfahren. Aber eine Fakultät für Arbeiter und Bauern? Und so musste er sich gesagt haben: Die hohen Berge. Die Wälder. Die Seen. Und die Schlösser mit den schönen Namen. Das Neuschwanstein eines verrückten, bayrischen Zaren. Und das Berliner Ensemble hätte es auch nicht gegeben ohne den Bayern aus Augsburg.

Und Christine ging spazieren auf dem grünen Streifen in der Mitte der Straße, dort, wo Leben war unter Bäumen, Linden und Platanen, das alltägliche Straßentheater einer Großstadt. Das hatte so seine Schönheit. Frauen mit vollen, schweren Einkaufstaschen, stehengeblieben auf einen Schwatz, oder auf einer Bank sitzengeblieben zum Ausruhen. Kinder gerade aus der Schule zurück. Und Männer mit roten Köpfen vor oder nach einem Frühschoppen. Menschen, die in Wohnungen ohne Bad und Komfort wohnten, links und rechts der Straße in dunklen, stillen Hinterhöfen und Mauern, in denen nachts die Geräusche spazieren gingen. Da durfte man sich nicht wundern über einen Mann, der trug eine Fellmütze auf dem Kopf mitten im Sommer, ein Schlafwandler, steckengeblieben irgendwo, in einem Traum zwischen Sonne und Mond. Und einen anderen hätte man auch im Westen noch ansprechen können mit: Guten Tag, lieber Genosse, eine mecklenburgische Schrulle von ihm. Dabei kam er aus Pommern. Ein Schriftsteller, auf einen Schlag berühmt geworden mit einem Satz, dem ersten Satz aus einem Roman, den sollte im Arbeiter- und Bauernstaat kein Arbeiter und Bauer gelesen haben. Der hatte es schriftlich bekommen in mehrfacher Ausführung: Der Autor ist hochbegabt, aber sein Manuskript nicht druckbar. Und irgendwann hatte er die Nase voll gehabt von den volkseigenen Betrieben und war abgehauen über die Grenze mit der beliebten S-Bahn. Endlich ein Verlag an der Angel, ein ganz großer Fisch hatte angebissen aus Frankfurt am Main. Der Umzug nur ein Begleitumstand unvermeidlicher Arbeitsprozesse. Der wollte sein Buch gedruckt sehen, egal wo und in welchem Verlag. Und eine Schreibmaschine zum Schreiben haben, schon mit dem nächsten Roman im Kopf.

Und zwei ältere Männer, die saßen auf einer Bank, die neuesten Nachrichten austauschend über die politische Lage und das, was Werner Höfer gesagt hatte im letzten Frühschoppen am Sonntag. Die Sendung hätte auch der Opa nicht verpasst. Das deutsch-deutsche Thema auf offener Straße, die alarmierend hohen Flüchtlingszahlen, die steil in den Himmel ragende Statistik. Und jeden Tag noch ein bisschen länger, die Schlange vor den Aufnahmelagern. Und die Kommentare, die abgegeben werden mussten zur Sache: Die besten Arbeitskräfte laufen denen doch weg. Die müssen die Grenze dichtmachen, ob sie wollen oder nich. Wirst sehen, Karl-Heinz. Die machen kurzen Prozess. Und auch der Kennedy wird die nicht davon abhalten können. Der wird sich hüten. Hat doch genug Probleme mit dem Russen vor der eigenen Tür. Sieht nich gut aus für uns, Karl-Heinz!

Und was Karl-Heinz dazu zu sagen hatte, hörte Christine schon nicht mehr. Vielleicht hätte er die Lage noch schwärzer gesehen. Aber auf den Präsidenten der Vereinigten Staaten hätte auch er nichts kommen lassen. Der war in Ordnung. Dem sah man das an, dass der in Ordnung war. So ein richtig schöner Mann in der Politikerriege. Und noch schöner seine Frau, Jacky mit Namen. Jacky und John. Das Traumpaar aus allen Zeitungen. Und aus John würde bald ein Berliner geworden sein, am Potsdamer Platz, vor der Mauer. Die stand schon da, bevor die ersten Kolonnen anrücken würden am dreizehnten August, morgens, in aller Früh. Und Karl-Heinz hätte es auch gesagt, dass man sie bauen würde. Und dann würde der schöne John F. einem kleinen Wüterich gegenüberstehen, kahlgeschoren, mit rotem Kopf und kleinen Schweineaugen, Nikita Chruschtschow, durch nachträgliche Retuschen noch hässlicher gemacht. Und jeder würde es sehen können schwarz auf weiß: Die geteilte Welt hat zwei Gesichter. Und an der Grenze würde bald geschossen werden, scharf. Denn die Schützen wollten schießen. Und die Maurer wollten mauern. Und die Bagger wollten baggern. Und die Schreiber wollten schreiben. Und Walter Ulbricht hatte gelogen, als er gesagt hatte: Niemand beabsichtige eine Mauer zu bauen. Alle wollten die Mauer. Und alle hatten ihr Steinchen dazu beigetragen. Am dreizehnten August würde alles sehr schnell gehen, sozusagen per Knopfdruck über die Bühne gehen müssen. Da würde sie sich langsam und feierlich aus der Erde nach oben geschoben haben, aus dem Unsichtbaren ins Sichtbare hinein, die fertige Mauer, in einem grandiosen Schauspiel. Und aus Berlin West würde an dem Tag endgültig eine freie Stadt werden. Alles würde frei sein in ihr, nur die Straßen nicht. Und jede Straße, die man dann noch gegangen wäre, hätte einen irgendwann ans Ende gebracht. Und dann hätte man es gelesen auf einem Schild: Halt stop! Sie verlassen den amerikanischen Sektor!

Christine sah eine alte Frau langsam und schwer an einem Stock gehen. Die war vielleicht auch einmal in diese Stadt gekommen mit einem Traum, ein junges, naives Ding vom Land. Und dann in einer Fabrik gelandet. Und dann Schmerzen bekommen, überall in den Gliedern die Knochenerweichung.

Sie hatte ihn schon von weitem erkannt, den Freund des Vaters, mit ziemlich müden Augen hatte er dagestanden, vor einer Kneipe mit Namen: Das kleine Versteck. Wahrscheinlich hatte er überhaupt nicht geschlafen, die ganze Nacht an der Theke gesessen, getrunken und erzählt, Romane, die man eigentlich weggelegt zu haben wünschte, halbgelesen, weil einen irgendetwas daran abschreckte. Und das war vielleicht sogar die Wahrheit, es gesagt, zum xtenmal: So eine Zelle habe ungefähr drei Schritte in der Breite und fünf in der Länge. Und die unliebsame Erinnerung hinuntergekippt mit noch einem Bier. Der hätte sich am liebsten ein Loch in den Kopf geschossen. Jeden Morgen beim Aufwachen der Katzenjammer, die quälenden Gedanken, und ein unermüdliches Gedächtnis, das sich noch an ein Nichts erinnert haben würde. Erst nach dem ersten Glas ging es, das unverfängliche Reden an den Theken über Fußball und so weiter, nächtelanges Billiardspielen mit Taxifahrern, plötzlichen Einfällen wie: Ein Auto müsste man haben. Von der Atlantikküste hinüber zum Stillen Ozean fahren, die Whiskyflaschen auf dem Beifahrersitz und Rachmaninoff oder Schostakowitsch im Radio hören, gesagt, ihr zur Warnung, mit dem ersten Schnaps würde es ähnlich sein wie mit dem ersten Kuss. Es würde nie beim ersten bleiben. Und ihr eine Cola bestellt und sich selbst noch ein Bier. Das letzte. Versprochen. Sich entschuldigt, er habe zu viel gesehen, einer wie er sei nicht zu retten. Den Vorhang vor den Spiegel gezogen, vor einen grenzenlosen Selbsthass. Und immer wieder dieselbe Geschichte erzählt. Immerzu sprach er von diesem Chassman. Chassman, der Stellvertreter. Chassman, das Gleichnis. Chassman, der Nigger, der Schwarze, der Mensch in einer Zelle, zum Tode verurteilt, vielleicht sogar unschuldig gewesen, egal: Ob schuldig oder nicht schuldig, es spiele keine Rolle. Die Welt brauche ihre Sündenböcke. Nicht nur in Amerika gäbe es den Beruf des Henkers. Und die Menschen wissentlich im Glauben gelassen, es sei noch nicht kurz vor zwölf. Stromstöße würden kaum Spuren hinterlassen. Der Kandidat würde nur ein wenig zucken. Ein leichter, epileptischer Anfall, kein Zeichen von Gewaltanwendung. Eine saubere Sache sei so ein elektrischer Stuhl. Und hinter dem sachlichen Reden das Unbegreifliche, der Bruch in der eigenen Geschichte. Nicht einmal schwarz gewesen, nur ein bisschen zu rot. Das Gefängnis war es, das Gefängnis im Nacken und der Brief einer Frau. Nach drei Jahren musste er ihn bekommen haben. Sie musste es ihm geschrieben haben, sie liebe einen anderen. Da sollte sich niemand mehr wundern über einen verdrehten Fahrstil. Der hätte die Spur auf jeder Straße gewechselt nach Belieben. Und sie, Christine hätte neben ihm gesessen in einem schnellen Auto, angesteckt von seinen Reden. Ein schöner Tod, so zusammengewachsen Rücken an Rücken, so wie sie früher gelegen hatte mit der Schwester in einem Bett, ein Gedanke, den sich nur ein Traum ausgedacht haben konnte, nicht sie, die Träumerin. Und er, der andere Träumer auch nur ein Gesicht, dem man einmal begegnet war auf einer Straße, flüchtig, und, wenn man lange genug hineingeschaut hatte, durchsichtig für andere Gesichter, Gesichter in einer langen Prozession, die, mit ihren selbstmörderischen Lebensweisen, ihren immer viel zu schnellen Autos, zu vollen Gläsern und enttäuschten Lieben. Ohne Abschied ganz plötzlich verschwunden und dann nie wieder aufgetaucht. Man würde sich auch daran gewöhnen müssen, Stimmen zu hören, Gesichter zu sehen, an die man sich kaum mehr erinnert hätte, die einem sogar ziemlich misslungen wären, hätte man sie nachzeichnen müssen, Gesichter, weiß, leer und fern wie die Sterne, Sterne unter Sternen. Nach wohin unterwegs? Und von woher gekommen? Und was sie einem sagen wollten, die Boten, die da irgendwo in einem wohnten, ungefragt ein- und ausgingen durch die Türen eines Gedächtnisses. Nur manchmal konnte man sie noch mit einem Namen in Zusammenhang bringen. Rainer Morgenthaler. So ein blonder, hochaufgeschossener Junge war das gewesen, sehr schweigsam, sehr schüchtern, ein zerstreuter Blick hinter einer Brille. Der hatte so komische Haare gehabt, gelockt und von Natur aus störrisch, Haar wie Stroh, Stroh an einem Lagerfeuer, auf einmal wieder aufgetaucht, als habe er einem noch etwas sagen müssen.

13

Berlin war noch immer ein endloses Warten, ein Durchgang nach irgendwohin, ein schwindelerregendes Treppenhaus mit Eisengittern vor einem tiefen Schacht, eine unwirtliche Herberge, das Schloss für Flüchtlinge, Mütter, überlastet mit alltäglichen Sorgen und Väter mit schlotternden Knien, die um einen neuen Pass anstanden. Und schreiende Kinder, die jedem auf die Nerven gingen. Und wieder wurde von Bayern gesprochen. Man habe dankbar zu sein für jeden Platz, sagte der Vater. Und die Mutter sagte: Nur über meine Leiche. Aber was war ihr Leben denen schon wert, die sie abkommandieren wollten nach Hof oder Ingolstadt, sie, eine Preußin in feindliches Land, ins Katholische. Ein Flüchtling nur eine Akte, eine Nummer, es gab ja so viele. Menschen, die in einem langen Treck an einem vorbeigezogen waren. Man hatte eine Zeitlang mit ihnen zusammengelebt wie in einer Familie. Sie schnarchen gehört, oder flüstern im Bett. Morgens hatten sie sich angezogen und abends aus. Man hatte sie in Unterwäsche gesehen, ihre Löcher in den Strümpfen gesehen, ihren Schweißgeruch in der Nase gehabt, oft zu ihnen rübergeschaut, heimlich, wie auf die nächste Decke, den nächsten Badeanzug in einer Badeanstalt, sich gefragt, was sie antrieb, jeden Tag zur selben Zeit aufzustehen, sich zu waschen, die Zähne zu putzen und zu leben. Und ob sie sich nicht doch etwas daraus machten, wenn sie zu dick geraten waren oder zu klein oder mit zu wenig Haaren auf dem Kopf. Diese vertrotzten Bemühungen, sich ins Licht zu rücken, sich abzuheben, herauszustechen, Makel zu verbergen, Vorzüge zu unterstreichen. Die weiten Pullover über den zu starken Busen und Hüften der Frauen. Die dünnen Haarsträhnen über den auffällig kahlen Stellen der Männer. Die großzügig übermalten, schmalen Lippen, schwarz nachgezogenen Augenbrauen und hochtoupierten Frisuren, die irgendwann doch wieder in sich zusammenfallen würden. Mädchen mit ihren Tränen, ihrem Monatsblut auf den Laken, Spuren, die jeder irgendwo hinterlassen hatte. Ein Großes W für einen Willy oder einen Walter oder eine Waltraut auf einer Wand. Ein Herz darum gezogen. Und bald darauf verschwunden, wieder eingetaucht in die Namenlosigkeit, in das Vergessen. Stattdessen waren andere angekommen, eine Schauspielerin mit einem Namen, den hätte man sich merken müssen, oder ein Fräulein, eine alte Bekannte, die einen plötzlich nicht mehr gekannt hätte.

Die vielen Gesichter, die vielen Geschichten, Fluchtgeschichten, immer mit demselben Schluss: Das Stehen in einer Schlange. Das Warten. Die Enttäuschung über das, was war, wie es war. Das hatte man sich ganz anders vorgestellt. Da fühlte man sich abgespeist mit einer Banane, um eine Zukunft betrogen. Gerade auf die hin hatte man gelebt vor der Flucht, eine vage Ferne im Auge, ein Licht, ein heller Streifen am Horizont. Und so zumindest hatte es eine Hoffnung gegeben, es würde besser werden, wenn man erst dort angekommen wäre. Jetzt war man angekommen. Aber die Gegenwart strahlte nicht mehr. Das Lager war eine Tatsache, und die reichte nicht weiter als bis zum nächsten Tag, ein matter Bogen, gespannt über vierundzwanzig Stunden. Eine Zukunft war das nicht. Da rückte man zusammen, blieb bei der Herde, blieb bei den Seinen, in einem trügerischen Schoß gefangen.

Die Familie von nebenan, ein geradezu abschreckendes Beispiel. Das gemeinsame Vaterunser morgens, abends und vor jeder Mahlzeit heruntergesprochen. Vier Kinder, die ihrem Vater alles nachgebetet hätten, die Älteste gleichaltrig mit der Schwester, die Jüngste gerade erst aus den Windeln, dazwischen zwei Jungen, Zwillinge mit großen Brillen am Rock einer verschüchterten Frau. Ein Pastor, der predigte. Für Christine war es das erste Mal, dass sie teilnahm an einem Gottesdienst. Und man musste ein ernstes Gesicht machen, durfte nicht lachen bei dem Versuch, das Wort beim Wort zu nehmen, trotz feuchter Aussprache und einer rumalbernden Schwester, die neben ihr saß. Die ganze Geschichte von Weihnachten bis Ostern noch einmal im Schnelldurchlauf. Die Geburt bei den Tieren. Jesus im Tempel. Jesus im Kreis seiner Jünger. Jesus verraten. Und dann ein Lied: Herzallerliebster Jesus. Da wurde es ausgebreitet vor einem, das Jammertal. Da ging es tief hinab in den Keller, als müsse man als guter Christ auch das auf sich genommen haben, das Kreuz und die Dornenkrone und das essigsaure Getränk für die Hoffnung auf das ewige Leben, die Erlösung danach. Eine Hölle auf Erden und ein Paradies voller Engel. Und ein gut gefüllter Klingelbeutel. Als könne man gleichzeitig ein Christ sein und ein Lump, sonntags ein Kirchgänger und alltags ein Kapitalist und Betrüger. Und einen Gott verstehen, der sagte: Du sollst keine anderen Götter haben neben mir, keinen Allah, keinen Buddha, keinen indischen Guru. Und Karfreitags Fisch essen, als hätte man sich ausgerechnet an dem Tag an einem Stück Fleisch vergiften können. Vor den Altar treten mit gesenktem Kopf zu Weihnachten, zu Ostern und zu Pfingsten. Das Brot nehmen. Den Wein nehmen. Und nicht mehr begehren. Und wenn man es zu arg getrieben hatte, wäre man zur Beichte gegangen als gute Katholikin, oder hätte ein paar Groschen mehr in den Klingelbeutel getan. Bequem eingerichtet so ein Haus mit Büßerkabinen. Aber die Evangelischen waren ja nicht besser.

Und der Mann auf dem Sockel machte nur seine Arbeit. Der hatte lange gewartet auf den Augenblick: Endlich wieder vor einer Gemeinde. Und weitergehen würde es für ihn in einer richtigen Kirche, in einem Land, regiert von einer Partei, die nannte sich Christlich Soziale Union, in einer schönen Dienstwohnung mit Garten. Und Christine würde Religionsunterricht in der Schule haben und Konfirmandenstunden am Nachmittag. Dieselbe Geschichte nur andersherum. Die Kirche nirgendwo ganz freiwillig. Und eine Frau war deswegen bis nach Burma gereist in den Urwald. Und ein anderer hatte ganz aufgehört, an Götter zu glauben und tausend andere Gründe gehabt, sich langsam, aber stetig ins Grab zu trinken. Der würde in Berlin bleiben, hatte er gesagt. Er habe ein nettes Lokal gefunden am Wasser, wo denn sonst, mit einem sinnigen Namen. Der glaubte an so etwas wie ein kleines Versteck, ausgerechnet er, hinter einer Theke, bei einer Arbeit, die man ihm ganz und gar nicht gewünscht hätte als Quelle zum Lebensunterhalt. Der wollte sich retten in einem Sprung. Ein Wahnsinn war das. Schade um den Menschen war das. Aber der war schon gesprungen.

Und dann kam sie, die Nachricht über die Verhaftung der Großeltern. Und an dem Tag wünschte man sich, mitgesprungen zu sein. Die Oma und der Opa. Und eine Partei, die sich aufgeführt hatte wie eine Furie, eine betrogene Frau, schrill im Ton und grell in der Farbe. Alle Andenken zerschlagen. Alle Briefe zerrissen. Das ganze Kristall an die Wand geschmissen. Das ließ sie nicht mit sich machen. Einfach abgehauen der Kerl mit den Zeugnissen aus ihren Fakultäten. Und gerade mit ihm hatte sie es so gut gemeint. Ihn geliebt. Ihn gehätschelt. Ihm alle Möglichkeiten gegeben. Und am Ende nur Undank erhalten. Eine kalte Schulter. Ein weggedrehter Rücken. Den Verräter verflucht, alles daran gesetzt, ihn zu treffen, ihn zu vernichten. Die Rachegöttin hatte gehandelt. Sippenhaft angeordnet, eine furchtbare Strafe aus finsteren Zeiten. Da sollte man nicht fragen nach seinem Verbrechen. Vor dem Gericht war kein Fragen erlaubt. Der Mensch nur ein Kriechtier, auf das konnte man treten, ein Sünder und Frevler von jeher. Gottes Wege waren unbegreiflich. Das Leben nur Hohn, Schicksalsschläge von Geburt an. Das hörte nicht auf. Das ging immer weiter. Wie weit denn noch. Die Mutter hatte die Sprache verloren. Stumm, wie zu einer Statue erfroren, saß sie da, neben dem Vater auf dem Bett, angeweht von einem eiskalten Hauch.

Und der Vater? Die ganze Schuld lastete doch auf ihm. Und selbst wenn er zurückgegangen wäre, wozu er sich sofort bereiterklärt hatte, die Großeltern hätte es nicht mehr gerettet. Und an ihm hätten sie auch nur noch wenig Freude gehabt. Und im Stillen noch einmal zurückgegangen an den Anfang, die Zeit nach dem Krieg. Da hatte er noch geglaubt an den Sozialismus, das neue Leben, an die Gemeinschaft der Menschen, an das Wort Genosse. Und dann das Aufwachen, das Wissen, sich getäuscht zu haben. Die Idee verraten, jeden Tag ein bisschen mehr. Und es nicht verhindert, mitgemacht, die Augen zugedrückt. Und irgendwann war es zu spät gewesen. Da durfte man schon nichts mehr sagen. Da wurde nur noch unterschrieben, das Unbehagen hinterher mit Schnaps weggespült. Und immer mehr Schnaps. Immer mehr Druck. Immer mehr Angst. Das Misstrauen unter Kollegen. Das Doppelspiel: Nach außen hin ein guter Parteigenosse. Und innen drin ein ganz anderer. Zersplittert. Und in der Zersplittertheit festgefahren. Den Ausschlag zum Weggehen hatten sie ihm dann selbst in die Hände gespielt. Da musste er sich entschieden haben gegen die Zwangskollektivierung, gegen die Sache, für den Menschen. Der Opa wäre da nicht eingetreten freiwillig. Der hatte sich immer verwahrt gegen das Gerede über die Abschaffung allen Eigentums an Boden und Produktionsmitteln, als hätte man den Drang nach Besitz einfach so abschaffen können per Dekret. Der Mann hatte immer gelebt nach eigenen Gesetzen, in Jahreszeiten, Fruchtfolgen, nach der Beschaffenheit eines Bodens, vornehmlich. Der hätte noch eine Wüste zum Blühen gebracht, hätte man ihn gelassen.

Da saßen sie auf dem Bett, Mutter und Vater, so eng beieinander wie schon lange nicht mehr, beide schweigsam, beide in den Brunnen hineingefallen, in dem der Krug zerbrochen war. Nur der Journalist hatte gesprochen, lautstark, eine Hasstirade gehalten auf die Stasi, schon von Berufs wegen gewöhnt an das Geschäft. Sie angeklagt als eine Organisation von Verbrechern. Staatsverbrecher, Kriegsverbrecher, Gedankenverbrecher. Überall nur Verbrecher am Werk. Im Osten die Lügner. Im Westen die Betrüger. Auf der einen Seite Politbonzen. Auf der anderen Wirtschaftsbonzen. Alle von derselben Drachensaat. Alles ein großer, sagenhafter Schwindel, eine

Verschwörung aus Rechthaberei und Lüge. Die einen im Namen des Friedens. Die anderen im Namen der Freiheit. Und ab Mitternacht Streit und böse Worte, Hass und Neid bei Hochzeiten, Geburtstagen, Trauerfeiern bis zu Handgreiflichkeiten in den Familien. So würde es aussehen. Zum Kotzen. Man sah ihn schon an die nächste Theke fliehen. Und der Vater mit ihm. Und die Mutter würde es nie verstehen, warum die Welt so war, wie sie sich wieder einmal gezeigt hatte, so schlecht, so ungerecht, so abgrundtief verdorben.

Und in Westdeutschland würde es auch nicht viel anders sein. Man würde von Freiheit reden und die Freiheit meinen, sich ein Auto kaufen zu können für Sonntagsausflüge an einen See oder in die Heide, im Schoß der Lieben, in einem Ford, Modell Badewanne. Damit würde es anfangen. Und weitergehen in einem Opel Kapitän. Und abends würde man in Cocktailsesseln sitzen, den konsequenten Scheitel eines Nachrichtensprechers vor Augen haben, als einen vertrauten Anblick für politische Verhältnisse am Rande. Und dann würde es die nächste Folge geben aus der Serie: So weit die Füße tragen. Und in eine neue Schule würde man gehen und sich anstrengen müssen im Englischen, um irgendwann auch einmal einen Schlager verstehen zu können von Elvis. Leicht würde es nicht werden für eine Einzelgängerin mit einer Abneigung gegen Schützenfeste, ohne einen reichen Vater im Rücken, ohne Nachhilfestunden in Französisch und Mathematik, und gleich nach der Schule ein Medizinstudium in Göttingen oder Heidelberg, auch wenn der Junior beträchtlich unter dem Numurus Clausus geblieben wäre. So ein Vater mit einer Praxis für Allgemeinmedizin konnte viel machen mit dem richtigen Parteibuch in der Tasche, in einem kleinen niedersächsischen Ort von ungefähr fünfhundert bis tausend Einwohnern. Dort sollte sie liegen, die Zukunft. Und wenn man da nicht verkümmern wollte, musste man hinaus in die Schlacht. Und allenfalls träumen hätte man noch können von der Liebe oder einer ganz anderen Haut. Und je schlimmer die Tage, umso schöner die Häuser des Schlafs. Eine sehr praktische Einrichtung, sich auch einmal fühlen zu dürfen als eine vom Schicksal Bevorzugte, auch wenn ein Frühstücksgesicht schon nichts mehr verraten hätte von den nächtlichen Jagden so vielem hinterher, das einem der Tag nicht hatte geben können. Zwölf Stunden, die schlichen dahin, mausgrau. Und die Nächte auch nicht immer nur barock. Und viele hätten nicht einmal auf einen Traum noch etwas gegeben, die alten, verschnürten Andenken lieber in den Truhen gelassen, die Bilder und Briefe in den untersten Schubladen der Kommoden, unliebsame Kriegserlebnisse, pfeifende Granatsplitter, knapp am Kopf vorbei und ein Krampf in den Waden, mit dem ein ehemaliger Frontkämpfer aufgeschreckt wäre. Vergessen, die gut gehüteten Geheimnisse einer Hausfrau, ein ganzer Briefroman, Laras Thema aus Doktor Schiwago, hundert Seiten und mehr. Diese Augen, die immer viel zu blau gewesen waren. Treffen in dunkeln Ecken. Das Zirpen der Grillen. Die Froschkonzerte. Die schwülen Sommernächte. Und irgendwann hatte man sie doch in den Betten, die Kerle. Und die Angst hinterher. Das Zählen und Bangen. Am besten sich gar nicht erst erinnern an den ganzen Dreck, diese grässlichen Schlüpfer von damals.

Und die Schwester hatte großes Heimweh. Heimweh nach den Großeltern, nach den alten Zeiten, nach einem Teddybären zum Einschlafen. Sie ahnte ja nichts von kargen Zellen, harten Betten und langen Verhören, den Demütigungen eines Gefängnisalltags, der unerhörten

Tatsache einer Trennung. Da waren sie immer zusammen gewesen und hatten alles zusammen gemacht. Und auf einmal waren andere gekommen und hatten das Paar auseinandergerissen, zwei, die zusammen gehörten, in getrennte Zellen getan, die Frau zu den Frauen und den Mann zu den Männern. Die unverwüstlichen Bartnelken einer silbernen Hochzeit zertreten. Und dennoch sollte man keine Sekunde gezweifelt haben an einem gnädigen Herrgott. Die Schwester würde sie vielleicht gar nicht mehr wiedererkennen nach einigen Monaten, beide geschrumpft, beide ganz dünn geworden und ganz klein. Die Oma würde alle Lieder vergessen haben. Und der Opa würde noch kränker geworden sein. Aber das Leben würde darüber hinweggehen, auch darüber mit sagenhafter Gleichgültigkeit. Und gerade der Gedanke wollte einem nicht in den Kopf passen. Und nach einiger Zeit würden sich auch die Eltern die Frage nicht mehr stellen, auf die es doch keine Antwort gab, sonst hätten sie sich beide noch aufhängen müssen. Und der Schwester wurde gesagt: Du wirst die Großeltern besuchen können, bald. Und eines Tages würde sie das Heimweh vergessen haben. Da würde sie sich damit abgefunden haben, keine Großeltern mehr zu haben, dafür aber Freundinnen, an jeder Hand mindestens zwei. Denn die Schwester war beliebt. Und die Mutter hätte gesagt: Wer beliebt ist, kommt voran. Und die Schwester würde vorankommen. Sie würde auf ein Gymnasium gehen nur für Mädchen. Und irgendwann einen Freund haben. Den würde sie vielleicht nicht sehr lange haben. Aber auf den ersten würde bald ein zweiter folgen, und noch einige danach. Und jeder würde der zukünftige Schwiegersohn sein können in den Augen der Mutter. Denn die Mutter wünschte sich einen netten Schwiegersohn, am liebsten einen Arztsohn, gebildet, aus guter Familie, nicht zu groß und nicht zu klein. Und selbst wenn die Schwester nach Jahren noch keinen Arztsohn nach Hause gebracht hätte, die Mutter würde festgehalten haben an der Hoffnung. Und Christine würde sich abfinden müssen mit einer noch größeren Einsamkeit. Und die Mutter würde es auf die Bücher schieben, eine Verseuchung des Gemüts, widersprüchliche Affekte durch Überreizung der Nerven. Oder auf die langhaarigen Typen, die diese Tochter immer anschleppen würde mit ihrem Bändchen am Herzen. Etwas ganz Seltenes auf einer Röntgenaufnahme. Mit so einem Ding hatte die Natur nicht bedacht einen jeden. Aber Christine würde sich schwer tun mit dem Entschluß, es nur anzusehen als einen Segen. Nicht in diesem Leben. Und ein anderes hätte es nicht gegeben, um sie abzuhalten von den Extremen. Mutter und Tochter. Da stand jede auf ihrem Podest und schaute herab und konnte nicht anders, die Mutter mit einem Wischtuch zum Wegmachen der Flecken und Christine mit nichts als ihrem Leben.

Die Zukunft, da lag sie vor ihr in einem Nest, fünfzig Kilometer nördlich von Hannover. Jeder Ort auf der Welt hätte es sein können. Nur nicht der. Wieder ein einsam gelegenes Haus. Und eine Mittelschule, in die sie gehen würde mit dreizehn, vierzehn, fünfzehn und sechzehn Jahren. Denn nur dafür würde es gereicht haben. Sie würde die siebte Klasse wiederholen müssen, den Vorgang der Osmose, die Frage: Was ist ein Passat? Und kein Hahn würde noch krähen nach anderen Fragen. Dafür würde sie Handarbeit haben als Schulfach, das Stricken mit vier Nadeln üben müssen an einem Socken. Sie würde singen in einem Chor in der tiefsten Stimme und sich jedesmal abmühen, mit dem rechten Bein wegzukommen von dem Brett an der Sandgrube, das linke würde doch immer schneller sein. Im Sport allenfalls Ehre einlegen können mit einer Kür auf dem Schwebebalken. Nachmittags würde sie Langeweile haben, zuletzt wie alle vor dem Fernseher hängen nach dem Abendessen bis zum Programmschluss. Und nachts Radio Luxemburg hören, die neuesten Hits rauf und runter. Von keinem nächsten Tag etwas wissen wollen, keiner Schule, keinem dieser Lehrer. Zeit totschlagen, Versetzungszeugnisse totschlagen und Hitparaden totschlagen, verurteilt zu vier Jahren Mittelmäßigkeit und einsamen Spaziergängen an einem Fluß mit Namen die Leine. Und sie würde es gewusst haben vom ersten Tag an.

Nur der Vater sah, dass es weitergehen würde, endlich mit einer Stelle, eine Schule, eine berufliche Perspektive, in die Wege geleitet durch eigene Initiative. Er hatte aufmerksam gemacht auf seinen Fall in einem Schreiben an den Minister für Bildung von Niedersachsen. Und keine Absage erhalten. Und wie er sich gefreut hatte über den Brief mit dem Bescheid: Wir können Sie brauchen. Er hätte alles getan, um die Zukunft zu retten, auch noch den letzten Trumpf ausgespielt, auf seine Kriegsverwundung angespielt, die wandernden Splitter in den Oberschenkeln, mit denen hätte man ihn doch nicht schicken können in die Berge. Und dann war alles sehr schnell gegangen. Da standen sie schon in der Abflughalle kurz vor zwölf Uhr mittags. Nur die Mutter wollte nicht mehr mit. Sie stand auch nicht. Sie lag auf einer Trage.

Sie hatte Angst, fürchterliche Angst vor dem Fliegen, nicht daran gedacht, keinen Gedanken daran verschwendet, dass nur ein Flugzeug sie würde bringen können in den begehrten Westen, dass es keinen anderen Weg gab, als den durch die Luft, ein schmaler Korridor dreitausend Meter über dem Meeresspiegel, keinen zu Lande, keinen zu Wasser, sonst hätte sie die Reise vielleicht doch noch abgeblasen, den Entschluss fallengelassen wie so viele

Entschlüsse. Dazu war es zu spät. Sie musste in einen dieser Vögel hinein, da draußen auf dem Rollfeld, noch einmal über das Eis, durch die weiße Hölle, die Todesangst. Herrje. Und wieder alle Götter angefleht, ihr diesen Gang doch bitte zu ersparen. Sie konnte nicht. Sie wollte nicht. Mit ihr war nichts zu machen. Nicht einmal Valium hatte geholfen. Und immer gehetzt worden, durch den Krieg gehetzt worden, durch die Angst gehetzt worden und durch den Dreck, sie, mit ihrem Ekel, die sich immer geekelt hatte vor dem, was sich da abspielte vor ihren Augen, klein und zäh herumkrabbelte in den Löchern, in den Ritzen, dieses Leben am Boden, an der Erde, dieses bisschen Leben. Und immer angetrieben worden von den Kerlen. Kein Mann hatte etwas verstanden von der Angst, die war unbezwingbar, ihr Vater nicht, ihre Brüder nicht, ihr Mann nicht, niemand. Sie verstand es ja selbst nicht. Es war nicht zu verstehen. Ein Bündel Angst. Von der Angst aufgefressen. Sie war auf einer anderen Reise.

Man hätte sie für verrückt halten können. Sie war es doch gewesen, die weggewollt hatte, die sich die Reise gewünscht hatte. Sie hatte es sich anders überlegt. Die Reisepläne aufgegeben. Abgesprungen auf halber Strecke. Sich krank gemeldet, reiseverhindert. Irgendetwas musste immer verhindert werden mit Jammern, mit Klagen, mit Kopfschmerzen, mit Müdigkeit, mit Valium. Jeder Schritt. Jedes Leben. Jeder Schlaf. Jeder Traum. Einmal hineingesehen und schon zerplatzt die Schaumblase, der schöne Westen, weggeworfen wie ein Spielzeug, eine blöde Puppe, die sie nicht mehr haben wollte, die sie nicht mehr sehen wollte. Man sollte sie in Ruhe lassen. Sie war nicht bereit, sich zu überwinden, den Boden unter den Füßen zu verlassen, zu sitzen, dort oben in einem der Donnervögel. Nicht sie.

Der Mutter musste geholfen werden. Man musste sich um sie kümmern, an ihrer Seite stehen, ihr sagen: Liebe Mutter. Sie wollte gebeten werden, wollte gehätschelt werden. Man musste ihr den Mantel zuknöpfen, ihr die Tasche tragen, ihr alles abnehmen. Und es wäre immer noch nicht genug gewesen. Immer noch zu wenig. Essen kochen. Kuchen backen. Sauber machen. Gute Zensuren nach Hause bringen. Beliebt sein. Schön sein. Nähen können. Stricken können. Das beste Essen kochen können. Abwaschen. Abtrocknen. Blumen pflücken im Garten. Ein freundliches Gesicht machen. Nicht so viel grübeln. Nicht so viel lesen. Einen netten Beruf erlernen. Lehrerin werden. Oder Schneiderin werden. Oder Berufsberaterin. Einen netten Mann heiraten. Und nette Kinder haben. Oder auch keine Kinder haben. Das Leben genießen. Reisen. In den Schwarzwald. In den Wiener Wald. In den Böhmer Wald. Nach Paris. Und nicht trinken. Nicht rauchen. Keine Extravaganzen. Keine Zicken. Ohne besondere Merkmale. Pflegeleicht sein. Und schnell wieder trocken sein. Und mit allem zufrieden.

Hundertprozent reine Synthetik. Darauf hätte die Mutter Wert gelegt beim Kauf eines Kleides. Aber schon beim Vater fing es an zu hapern. Der hatte nicht die Hände eines Puppendoktors. Der war immer auf hundertachtzig. Und Annemarie vielleicht ein bisschen zu phlegmatisch. Und Christine vielleicht überhaupt nicht zu retten. Und die Pastorengattin passte ihr auch nicht. Und niemand dachte an die Haare in den Waschbecken. Niemand machte die Schmutzränder weg. Alles lastete auf ihren Schultern. Und noch mehr Valium genommen.

Und der Vater stand bei den Männern mit der einen oder anderen Zigarette, nervös und ungeduldig. Und die Schwester fragte beständig, wann es denn endlich losgehe. Und Christine musste wieder einmal ein Spielzeug aufheben, das die Mutter weggeworfen hatte, sehr launisch, den schönen Westen in eine Ecke. Da lag er. Eine musste es doch machen, die Träume bewahren, auch wenn es nicht ihre Träume waren. Und beklagen können hätte sie sich in einem Tagebuch, hätte sie es nicht weggeworfen an ihrem dreizehnten Geburtstag in eine Mülltonne. Schließlich war man in einem Land angekommen, in dem hätte man alles wegwerfen können, ohne sich dafür rechtfertigen zu müssen. Eine Seite oder zwei an einen großen Unbekannten. Mit zwölf hätte sie es noch gemacht. Mit dreizehn nicht mehr. Als hätte ein einziger Tag ein großes Fragezeichen hinter alles gesetzt, was vorher noch eine Welt war. Und jedes Tuch um den Hals hätte ihr schon die Luft abgedreht. Und jeder Gleichschritt aus dem Rhythmus geworfen. Als hätten mit einem Mal alle Wörter ihren Sinn verloren. Und andere hätte sie erst noch finden müssen, um wieder eine Sprache zu haben. Sie musste es zurückgelassen haben, das Täubchen in einem alten, zerfledderten Russenbuch da drüben, auf der anderen Seite, ihm die Kehle zugedrückt haben. Das Vöglein würde nicht mehr singen. Eine härtere Sprache sprechen. Denn hart würde es werden, das neue Leben im Westen.

Christine hatte lange geschaut in den Spiegel nach dem Treffen mit diesem Jungen, dort, in Marienfelde, der letzten Station vor dem Abflug. Das erste Mal. Und auf den Lippen schon den herben Geschmack von Abschied. Und keine Antwort gewusst auf die Frage. Und die anderen hätten es ihr auch nicht sagen können: Wer bin ich? Da standen sie in der Abflughalle, die Mutter mit ihrer Angst, der Vater starr geradeausblickend, so als würde ihn das alles nicht berühren, und die Schwester mit hochrotem Kopf und abstehenden Zöpfen voller Erwartung. Und hinter ihnen die Schatten der Großeltern. Und alle hätte sie sich ein bisschen anders gewünscht, als wie sie waren. Oder sich lieber irgendwoanders getroffen, als ausgerechnet in einer Familie.

Und wenig später saßen sie schon angeschnallt in ihren Sitzen. Und an einen Absturz hatte nur noch die Mutter gedacht, als das Flugzeug endlich abhob von der Erde, um dreitausend Meter hochzusteigen mit der ganzen Schwere in die Schwerelosigkeit, wozu man sie eigentlich nur beglückwünschen konnte. Und schnell würde es auch gehen, nicht einmal eine Stunde dauern. Und dann würden sie sich alle ziemlich abstrampeln müssen, wieder am Boden angekommen. Aber daran dachte Christine nicht in dem Augenblick, als hätte sich das Denken abgeschaltet da oben, über den Wolken, sich schlafen gelegt in einer Spielzeuglandschaft oder noch kleiner, noch einmal in einem Sonntagskleid, noch einmal die Sträuße der Kinderzeit, die Farben dick aufgetragen, das satte Violett der Lupinen, das fette Gelb der Butterblumen, das Rot des Klatschmohns in den Feldern, das viel zu grüne Grün der Wiesen, das schimmernde Türkis der Ostsee, und auch das Weiß noch einmal so weiß auf der Leinwand hinter dem Auge, die Dornen herausgezogen, die Bilder zusammengefaltet, das Buch zugeschlagen, und dann der Sog, stärker, als alles andere, das Blau, farblos beinahe, dieses Blaue des Himmels.

Bremen, seine Bücher und mehr

seit 1810

im Schünemann Verlag
Zweite Schlachtpforte 7
28195 Bremen
Tel.: (0421) 36 90 30
Fax:(0421) 36 90 339
www.schuenemann-Verlag.de